去洞庭

郑小驴 著

北京出版集团公司
北京十月文艺出版社

新经典文化股份有限公司
www.readinglife.com
出　品

目录

北归 1
车祸 12
去洞庭的途中（一） 18
北京 29
重逢 42
去洞庭的途中（二） 53
艳照 63
野心时代 68
流放地 76
鹦鹉 84
相亲 88
盐井 97

游行 104
贵人 115
幻想症 127
万圣节 133
骨骸 139
女粉丝 149
父亲 152
报复 161
旅行 169
咸阳 177
幻象 185
受戮 191
雨中僧侣 199
小说家 206
坏人 211
铁钉 221
瓶中船 226
后记 229

北归

哆嗦着抽完一根烟，天色暗沉了下来。远处婆娑的椰树和王棕逐渐模糊，化为道道剪影。暮色浓稠，最后一抹夕晖被大地没收，世界又回归了让他感到安全的黑色。汗水顺着脸颊滚落，他下意识地擦了一把，闻到一股浓稠的血腥味道。他断定不是他的血。不是他的，反而更使他慌张。

窗外渐起凉风，宣告闷热快退场了。自踏入此地的第一天起，他便无比厌恶这座海滨城市烈日灼人的白天。烈日当空，炙烤万物，追得人无处藏身。直到傍晚海风上岸，穿透条条街巷，吹得小叶榕簌簌作响，卷走热浪，空气才稍有凉意。咸湿的海风中，带点腥味，闻起来更像血的味道。

他的衣服全给汗浸湿了，紧贴着背，黏糊糊的。他想去洗手间，将身上冲洗干净。起身的时候，却感到一阵困乏。刚才的争持，颇费了他一番力气。

半小时前，她听出他的口音，两人聊天，竟然是老乡。她的声音悦耳，和电话里完全不同。听你口音，是湖南人？是的，他说。你进来吧。她用力招了招手，他照着办了。湖南哪儿的？她又追问了一句。岳阳，他说。不要告诉我，你是华容的吧？他惊讶了一声，你也是华容的？她望着他吃吃地笑，你猜？

她穿着宽松的吊带衫，身材惹眼，眼眸黑亮，笑起来，露出两排整齐的白牙。他说不清是喜欢她那口白牙，还是衍生出来的笑窝。你看上去很小的。他嗯了声。过年回家吗？过两天就回的，他说。喝点水吗？他摇了摇头。她还是倒了一杯水，递给他。她靠着墙，右手的食指挽着发丝，一圈一圈地在指尖缠绕，湿漉漉的目光落在身上，让他莫名地涨红了脸。

她的行李早就收拾停当了，靠墙摆放着。一只 32L 的拉杆箱，两箱包扎好的热带水果。他上门的任务，是将其中一箱帮她寄往东北。他环顾一圈，单身公寓，装饰简洁、整齐。茶几上摆着手提包、标致车钥匙、新款的 iPhone 手机。独居，多金，热情的女人……他恍惚了片刻。在她俯身拾起掉落地上的快递单的刹那，他的目光不经意间窥视到了什么，心顿时猛地一沉。她似乎也意识到什么，起身的时候，有意将衣领往上提了提，避开了他的目光。空气中燃烧着某种热烈的情绪。他感到口干舌燥，将茶几上的水一饮而尽。这时，他感到一阵更为强烈的干渴，连耳朵根都烧红了。她刚才那个下意识的动作，在他看来，更像是某种指示，或者默许。如同磁石的吸引，他情不自禁地将手伸了过去。你干吗呢？他听见一声惊讶。她用力甩开他的手。他感到脸颊一阵发烫，像着了火一般。目光却并未退缩，依旧盯着她。对峙中，她的脸飞快涌上一抹红晕。那抹暧昧的红，无形中激起了他更大的探求欲。他感到身体的某个器官在一脚脚地轰油门。

她劲大，性格也比想象的执拗。他费了老大的工夫，才将她摁倒。被压在身下的女人并没屈服，目光近乎凌厉，死死地瞪着他，和他料想的完全不同。他差点犹豫。好不容易腾出一只手，想解她衣服，此举激起她强烈的反抗欲。他刚掐住她的脖子，她的手就拼命伸过来，要抓他的面门。他尽量将手伸长些，加大劲道。她像个溺水的人，双手在空中胡乱抓着，终于让她抓到了沙发背后一只陶瓷储钱罐——一头粉红色的猪。她用储钱罐往他头上狠狠地敲了两下。痛感使他恼怒，他劈手夺过，报复似的朝她头上砸去。哗啦一声，她像棵摇钱树，头上撒落无数枚活泼乱跳的钢镚。她愣了下，惊愕地望着他，终于不动了。血慢慢溢出她的头发，沿着额头往下流。他吃惊自己的举动，烫手似的丢了储钱罐。时间死去几秒钟，静得可怕。他一把撕掉她的吊带衫，笨手笨脚地解开胸罩。她的胸雪白温热，如刚舂完的糍粑。

事毕，他有些后悔。一张瓷器般的脸，被他的鲁莽给毁了。

殷红的鲜血沿着她的脸颊蜿蜒而下，像蠕动的蚯蚓。看起来甚是惊悚。女人蜷曲在沙发上，一只手搭着地板，脸冲着他，微张着嘴，一直盯着他。钩子似的盯着。目光中夹杂着幽怨、愤怒、不解，恨不得在他身上戳出几个透明窟窿。他生了怯意，不敢再看她一眼。

强烈的虚空感袭来，他颓然觉得接下来的每一分每一秒，都是对活着的亵渎。一刻钟前具体发生了什么，记忆一片空白，酿成的恶果却已赫然在目。如果时间能够倒流，他情愿不惜一切代价抹去刚才的那一幕。他抱着脑袋，陷入无尽的懊恼。想脑子一定是短路了。若不是，怎能干出这事？那一刻，他脑海里全是父亲的音容。你怎么是这种人？父亲失望的目光让他无地自容。

他终究忍不住朝她望去。女人依旧保持着刚才的动作，死一样平静。

他去了趟洗手间，挤了沐浴露，将手上的血迹清洗干净。卫生间里飘溢着一股丁香的味道，和在她身上闻到的一样。镜子里映照着一张黝黑的脸，越看越让他觉得恶心作呕。

出来的时候，她似乎恢复了些力气，垂地的手指头弹了弹，紧接着胳膊也动了。他听见她呻吟了一下，吃力地靠着沙发坐起来。

你赶紧走吧。她无力地朝他挥了挥手。一脸沮丧。

他戳在那儿一动不动。

你走吧，我不报警。她又说道。

他仍然没动。他才不会相信她说的。只要迈出这扇门，她就会报警。快到年底了，他可不想在牢里吃年夜饭。

茶几上的手机响了。

他抢先一步，夺过来。是条微信。他问解锁密码是什么，她很配合地告诉了他。你想拿什么就拿吧，我只要求你一件事，不要再伤害我。他没哼声。微信是一个叫小 Z 的人发来的，问她收拾好没，明天清早按照原计划见。他顺便浏览了他们的聊天记录，刚加不久，大概是同乡，相约一起开车回家。他给她看一眼，仿佛征求她的意见。她说，你回复说我明天有事走不了，让他先走吧。他想了想，发了过去。那边发来一个茫然和惊讶的表情。他没再搭理，关了手机，装进自己兜里。

她央求他去拿条毛巾，她要擦擦脸上的血。他犹豫了一下，飞奔去了洗手间，扯回一条毛巾递给她。血污擦净，看起来顺眼多了。我绝对不会报警。她再次保证说。这些东西，你要看得上的，都拿走吧，真的，我不在乎。他从钱包里翻出两张卡，问她银行卡密码多少。她果然爽快地告诉了他。骗我我会杀了你。他警告说。她冷笑，卡里一共加起来还不到四万块，你犯不着为了这点钱灭口，杀了人，性质就不一样了，我要有什么三长两短，你也好不到哪儿去。她毕竟年长几岁，比起刚才的反抗更具威力。他掏出香烟，点了，思绪纷乱，思忖如何收场。你今年多大？他沉默着。

看样子也就十八九岁吧？他嗯了一声。反正十八岁就是成年人了，你知道成年人犯罪意味着什么吗？他不吱声。她叹了口气说，姐姐保证不报警，就当破财消灾，这是命，我信了。他紧盯着她的眼，试想从里面寻求破绽。目光深陷，盯得她有些不自在起来，催促说，你快走吧。他摇了摇头。我都说了不报警了，你怎么就不信呢？他仍不说话。你这小孩。她装作嗔怪的样子。你赶紧走吧，你刚才弄痛我了，我要去看医生。

她坐起身，不经意间，他瞥见她手腕上有道隆起的疤痕，如一条柳眉。你割腕过？她将手腕遮住，没有回他，脸色一下变得异常难看。

能给我一根吗？她说。他诧异地望她一眼，将刚点的烟塞给她。你想怎样？她说。不晓得。他看起来很沮丧。眉眼间透着几分茫然。你为啥不信我？她说。你肯定会报警的。那你要怎样才能相信？不晓得。他说。

两人都沉默了。闷声抽着烟。他焦躁地望了她一眼。目光飘浮着糟糕的选择。

千万别干傻事。她冷冷地说。你家里还有人吗？他点点头。快到年底了，你父母还等着你回家过年。你就不为家人想想？她说。

谈到家人，他显得不耐烦了，别那么多废话，信不信我弄死你？他露出威胁的目光。

她不为所动，弄死我，你也逃不掉。

他抿着嘴，故作深沉，望着她，你怎知我就逃不掉？语气充斥着一股子不服。她瞥了他一眼，长长的烟烬不堪重负，拦腰截断，落在鞋面上。他望了眼茶几上的标致车钥匙。她眼眸倏尔闪过一丝蹙悚。他将车钥匙抓在手里，问车停在哪儿？她沉默了。他威胁起来，不说我弄死你。

车就在地下停车库，你顶多能逃二十小时。她平静地说道。少啰唆！他挥挥手打断她，目光直勾勾地伸向她，她一下反应过来，衣不遮体的，刚想说的话，全又咽了回去。我能穿上衣服吗？她说。他冷冷地看她，没作声，也没反对，算是默许了。我要去里面换……你刚太用力了……我衣服都被你扯烂了。他去里面卧室观察了一番，三十层的高楼，透过飘窗，外面是暗灰的海，没有逃跑的可能。他警告道，进去吧，别关门。关门我也不怕，这种门都是纸板压的，经不起我一脚。

我不关。她进去，将门虚掩了。

那是一只非洲灰鹦鹉，关在鸟笼里，长着一张珊瑚红的长喙，配着金属绿和灰褐相间的羽毛，朝她喊道："小鹿，小鹿！"他被响声骇了一跳，以为来人了。要不是它叫唤，他压根没留意客厅还有只鹦鹉。在他发蒙的时候，卧室的门砉的一声关上了。他反应过来，飞奔过去，推门，门被反锁了。他很生气，如遭背叛，狠狠踹了一脚说："开门！"里面没有回响。他呼的又是一脚踹去，门板颤抖了下，很快踹出一个凹洞来。力的反作用力瞬间传递至脚指头，痛得他龇牙咧嘴。鹦鹉像通人性，在客厅快频率地喊着：“小鹿！救命！”他恼羞成怒，转朝它奔去，撕碎鸟笼，逮住鹦鹉的翅膀，朝她喊，再不开门，我就宰了它！鹦鹉不叫了，发出凄厉的哀鸣。片刻的寂静过后，他听到里面传来的抽泣声……别伤害它……我出来了。她站在他面前，眼含泪水，哀求说，求你别伤害它。让你妈跑！他手上加了把劲，鹦鹉和她几乎同时叫起来。求求你把它还我，我再也不敢了！他瞥了一眼，将鹦鹉丢到她怀里。她忙不迭地抱住鹦鹉，像安抚一个婴儿。为什么它会喊救命？他说。它学我刚才的。学得还真他妈的像。它是只聪明的鹦鹉，我从北京带回来的，养了几年了。

窗外最后一点光线也裹进浓墨般的夜，椰影消失了，天彻底黑下来。欲望的闸门关闭，理智重新归位，情况却看起来比刚才的还糟。他去厨房找来一把剔骨刀，朝她比画，你再敢搞小动作，我可真对你不客气了。她不吱声，低头抚弄鹦鹉。他们重又坐下，情势再次陷入僵局。他更加不安了，狠狠地抽烟，抖腿。

它刚才叫你什么来着？小鹿。她说。你叫小鹿？她点了点头。他沉默着，站起身踱步，想到什么，突然停下来，冷冷地瞅着她说，你保证不报警？她说是。我为什么相信你？你老公呢？她愣了下，摇摇头说，我还没结婚。男朋友呢？她脸上的肌肉突然一阵剧烈的跳跃，轻轻摇了摇头，说我也没男朋友。那家人总该有吧？他愣头愣脑又问了一句。她又摇了摇头，一丝尖锐的痛苦在眼中燃烧，脸色霎时变得苍白。那你怎么一个人跑这里来了？他不可思议的样子。她呻吟了一声，双手抱着头，缓缓蹲下来。凄笑说，无所谓了，都无所谓了，这么多年，谁在乎过我的死活？还不如这只鹦鹉关心我。仰起脸，两眼噙泪，泣不成声起来。

这诧异的一幕让他深感震惊。他没料到刚才的话竟让她蒙受如此大的刺激。情绪崩溃的女人，双手抓着头发，肩胛骨阵阵抖动，发出刺耳的尖叫。他吓得不轻，没料到情况会瞬时失控。她哭的样子有些难堪，让他极度不适。他搞不懂她怎么了。刚才没哭，聊天倒哭了。女人一屁股坐在地上，不管不顾，一气哭个痛快。他手足无措地傻站着，不知该怎么办好。

你不是要回老家吗？我跟你走。她终于收住哭声，到了岳阳，你把我放下来，我们正好顺路。他诧异地望着她，想这是什么话啊，她跑都来不及，还敢主动跟他走？她红肿着眼，见他不信，显得不耐烦起来，又重复了一道。

你带不带我走？

眼前的女人完全超乎了他想象。他不知道她到底怎么了，哪儿触痛了她，以至于情绪刹那间崩溃。

我好久没和家人联系了，再不回，他们真当我死在外面了。她揩了把眼泪，清了清嗓子，转而充满期待地望着他，等他回复。你有毛病吧？！他说。她扑哧笑了一下，突然爆发出一阵深沉的笑声，说没错，你讲得对，我就是有毛病。我没毛病怎会来这人生地不熟的地方？我这辈子算是完蛋了。我迟早会走到今天这步的，今天不遇见你，也会遇见别人。我真不怪你。你带我回家吧，我很久没回过家了。我有些想家了。他凝视她的脸，意识到也许那是她真实的想法时，一阵莫名的忧惧蒙上心头。这也太荒唐了。他摇了摇头说。

不带我走是吧？那我报警，告你强奸、抢劫，每条都是重罪，都够你吃半辈子牢饭。你真让我带你一起走？她点了点头。

他不可思议地望着她。我没心思和你开玩笑。她说。她直直地盯着他，一副认真十足的样子。那目光让他一阵胆怯。这世上怎还有这样的人？他心里莫名泄了气。转而哀求她，我错了，你放过我吧。他哀求得越多，越觉得希望的焰火在一点点坠落、熄止，最后连他自己也动摇了。有那么一刹那，他只想夺门撒腿就跑。你不是担心我报警吗？你带我走，否则我就报警，我记得你的样子，你跑不掉的。她似听非听，每一句话都像出膛的炮弹，直击心扉。

看情况，不带她走不行了。那你路上不听话怎么办？他终于顾虑重重地说道。我保证全程都听你的。我要是不听话，要杀要剐，随你便！她突然朝他伸出双手，做束手就擒的动作。他想她疯了。

昏暗的地下停车场空无一人。那辆白色标致408停在角落里。

他摁了下车钥匙，车灯眨了眨，像在召唤他们。她全程都很配合，没有任何反抗的意图。甚至没把这个太当回事，好像这事发生在另外一个人身上，跟她无关紧要。她过度的顺从，反而让他心里有些发毛。在他犹豫的时候，入口驶来一辆小车，车光远远地探了过来。他慌忙用刀抵着她的背。女人的身子微微颤动了一下。你敢玩花招，我就弄死你。他悄声警告说。那辆车隔着他们几个车位停了，下来一对夫妇，去后备箱拿东西。他紧张得直发抖，屏息凝神地望着那边。要是她舍命一喊，他就算完了。他心中涌上无数道糟糕的闪念。漫长的等待中，终于听见后备箱关闭的声音。他瞥了一眼女人，她神色安然，像早就打消了妄念，顺从得像只绵羊。那对夫妇拎着购物袋，一前一后朝车库那边的电梯口走去，车库又重归寂静。

她一直抱着那只鹦鹉，一刻也不分离。带上鹦鹉，是她唯一的要求。我必须带上它，离开它我会死的。她平静的目光中透着一股坦荡和坚持。它叫怎么办？我不会让它叫的。她肯定地说道。

用黄胶带封她嘴时，她粲然一笑说，非得这样吗？他迟疑了下说，你什么意思？她轻叹道，没什么，你要封就封吧，上个星期，市公安局局长还送花给我，要请我吃饭，想包养我呢，如果我真想那样，抓你分分钟的事。他愕然，说市公安局局长说要包养你？她说是啊，抱着鹦鹉，乖巧地躺进后备箱。尾箱啪的一声合上了。

车祸

车沿着海岸线蜿蜒往西，接着笔直朝北开。路边的瓜棚透出昏黄的灯光，蹲守的小贩不停朝过往的车招手。空气中弥散着一股热带水果的味道。拐上高速，车流逐渐增多。一路旖旎的风光终于被抛掷身后，他呼吸到了一股熟悉的亚热带气息。如果一切顺利，天亮后就将到达洞庭湖旁的故乡，一个叫雷击闶的小村庄。

这是小耿第一次开小车，也是第一回上高速公路。以前他只开过父亲的小四轮。他的车技，是上初三那年父亲手把手教出来的。父亲最早开拖拉机，后来砸锅卖铁，换了台二手福田小四轮，各个乡镇跑，赶集时拉人，平日运货。一家四口人，就靠这辆小四轮活命。二手车，小毛病多，加上乡村路况又差，运货时超载是常事，跑几年下来，除了喇叭不响，到处都响。小耿只是没想到，父亲倒比小四轮先垮。

父亲得的不是一般的病，是尿毒症。这仨字，针一样扎心。确诊的消息下来那天，小耿还坐在高三的教室，准备迎接六月份的高考。那天的数学课，他一句也没听进去，只觉得黑板上的函数符号在眼前跳来跳去。光去年一年，他们村就有两人被尿毒症夺了命。年龄都不长，全是四十不到的壮年。有一个还和他沾亲带故，是他堂叔，每个月都要上医院透析一回续命。到头来，贱卖了家中值钱的东西，也没挽回条命。他见过堂叔死前的样子，整张脸变成猪肝色，令人惊悚。

想到父亲也要和堂叔一样死去，他就觉得这是老天施加给他的惩戒。父亲是家里的顶梁柱，没有父亲，一家没法过下去。小耿还有个患小儿麻痹症的姐姐，个头没灶高，走路经常摔跟头，到了适婚年龄，至今没人来提过亲。

医生说，父亲的病发现得还算早，如能遇上匹配的肾源，是有希望的，但不能拖太久。医生抛来一根救命稻草，一家人的心都提到嗓子眼了，说是无论如何也要抓住。医生说，肾源才最关键。小耿说，要怎样才能找到匹配的肾源？医生说这个要等，碰运气。小耿多少了解点情况，说用我的行不行，我是他儿子。小耿父亲听到，几乎发怒，说什么都不同意。医生望了小耿一眼说，虽是父子，也得匹配，不过近亲血缘，几率就高很多。最后才问手术费用，医生大概说了个数字。全家听完，都哑口无言，纷纷垂下眼帘。之前的问题都不是问题了。

父亲说不治了。大家都反对。但反对也只能是嘴巴上说说。三十来万，不是动动嘴皮子的事。即便把家变卖了也填不起这个巨大的窟窿。家里亲戚倒不少，一大家子人，却都是些穷亲戚，逢年过节，象征性走动，亲亲热热，遇上大事，能指望帮忙的没有。

想到父亲日渐变黑的肤色，他就头皮发麻。舅舅说，人怕什么偏就来什么，病是饿虎，你越惧它，它就越敢欺负你。现在这只老虎，欺负到他父亲头上来了。

他倒不担心她逃走。担心的是怎样处理这个烫手山芋。她给他出了老大一个难题。她和他想的完全不一样，不恐惧、慌张，也没想过逃跑，反而胁迫着求他带走。在地下停车场，只要她大喊一声，他准会落荒而逃。

他觉得这是个陷阱，正等着他一脚踏入。

他当然不愿跳。甚至做了最坏的打算，在半路找个僻静的地方，神不知鬼不觉，把她做了，然后再把车子处理掉，能卖多少算多少，好歹解下燃眉之急。想到要杀人，要为这一连串的蠢事埋单，浑身都悸栗发抖，忍不住狠狠抽了自己一耳光。他连鸡都没杀过，何况杀人？杀鸡不偿命，杀人一命抵一命。他目睹过枪毙，花生米大的子弹在死刑犯后背撕开一处菜碗大的伤口，殷红的血汩汩地往外冒。空气混合着一股淡淡的山茶花香，甜得发腻。想起那毙人的场景，他就有些反胃。

凌晨四点钟，公路上的车流稀少。下起细雨，路面湿滑，冷雨沿着车窗流淌，轮胎碾压着湿漉漉的公路，发出撕心般的响声。车内开了暖风，挡风玻璃起了一层水雾，视野朦胧。密集的雨雾笼罩着南方。这个漫长的冬夜于他而言，显得格外清寂和乏味。前方无限延伸的公路，永无止境，仿佛通往世界的尽头。他憎恨那欲望的使者，让他血脉偾张，酿下这弥天大错。

然而再无退路，只能顶着重重困意，继续向前，向前……

他不懂怎样消除雾气，无奈不停喷玻璃水，开雨刮。挡风玻璃变得更加模糊。经过一个岔口时，一不留神，稀里糊涂地下了高速。

凭感觉，已经进入湖区了。他仿佛闻到了湖区特有的气息。车在狭窄的乡道行驶着，他不知道是什么地方，寻了半天也没有看到上高速公路的入口。天还没亮，气温降至零度，他降下车窗，让冷风灌进来，驱赶绵延不绝的困意。那个凌晨，他是迷路的游子，在故乡的门前，却始终找不到入口。疲惫夹杂着焦躁，他狠狠地拍着方向盘，诅咒着糟糕的天气，诅咒降临头顶的厄运，诅咒无情的老天爷。

车祸发生得很突然。快进隧道口时，迎面开来一辆越野车。某个瞬间，他的思维迟钝了下，或是在极度疲惫的行驶过程中，注意力开了小差……对方的车灯不停地闪他。他不解其意，以为遇上了截停检查的便衣，心里发紧，不觉深踩了一脚油门。越野车响起一阵凄厉的喇叭，似乎被惹恼怒了。小耿更加慌乱，依然没想到要关远光灯。直到对方也开了远光灯，直直地对射过来，他才恍然大悟。远光灯刺得他睁不开眼，手忙脚乱中，他把灯全关了，对方似乎并没消气，毫不客气地对冲过来，千钧一发之际，他本能地打了一把方向盘。

标致车从越野车左前胎侧部攀越而起，在空中翻滚一圈，哗啦往山下滚去。

时间仿佛凝滞了。他听见轮胎在头顶空转和树丛中扑棱扑棱惊慌的飞鸟。紧随轰然一声巨响，车子滚落，最后被一棵岩松挡住。他卡在座位上，身子倒悬，脸颊上似有什么东西在蠕动。黑暗中，他又嗅到了血的味道。他慌乱摸了把脸，手心潮湿发黏。那甜腥的气味让他作呕，发疯。他用力挣扎，却找不着发力点，身体被巨蟹钳住似的，动弹不得。

冷雨夜，雨滴砸着树叶，四周显得更为静谧。他倏忽想到了死亡。曾看过一则新闻，有个年轻人在美国 1 号公路出了车祸，摔下山崖，等了三天才死。一个月后被人发现时，只剩下一堆骇人的白骨。他想象那人一点点地陷入绝望，耗尽最后一丝力气，痛苦万分才死，尸体逐渐腐烂，分解，最后被蛆虫啃噬，不由得打了个冷战。荒山野岭中，连个收尸的人都没有。纵使有一百种死亡方式，他也不想这么无名无姓地死去。

后备箱一点动静都没有。他试探着唤了几声，没有回复。她兴许死了。他歉疚地想，要不是他，这个叫小鹿的女人本该好好地活着。人虽不是他所杀，却的确因他而死。是他亲手将一个鲜活的生命推向了死亡。交警们肯定会仔细勘察，后备箱就是他的罪证。不过一念之差，自己就成了面目可憎的绑匪和杀人犯，鼻子顿时一阵酸楚。他想象枪毙的场景，五花大绑，背后插着木板，上面写着大名，内心深处的恐慌不断上涌，忧惧交加中，最后禁不住哭了。

不知道过了多久，一束强光手电刺破漆黑的夜空，朝这边探照过来。他叫苦不迭，想无论如何也不能被生擒。慌乱中拼命挣扎，竟然让他碰巧摸到了安全带的锁扣。咔嚓一声，解脱了束缚，顾不得疼痛，慌不迭地从车里爬了出去。影影绰绰的灌木、枝丫、冬茅，萧瑟，冰凉，在暗灰色的黎明中，一切变得形迹可疑，纷纷伸手过来挽留，纠缠。他逃得狼狈，在曙光降临前，像只急于遁隐的老鼠。前方一团模糊，他分辨不清方向，也不知该往哪儿去，只觉得人生如同一副多米诺骨牌，一旦推倒，一切都跟着倒塌了。

去洞庭的途中（一）

他们本来是想去洞庭看一场日出。这个计划，从三年前他们认识时就确定好了的。真正付诸实践，却到二〇一四年冬天了。为了能看一次完美的日出，岳廉早早地从三夫户外店网购了一顶牧高笛双人帐篷，两条黑冰 B700 的鹅绒睡袋以及充气垫。他甚至还打算买两套户外冲锋衣以及登山鞋，被顾烨阻止了。准备那么多东西干吗，又不是去攀登珠峰，湖边露个营而已。她说。她讲的并无道理。关于户外知识，她懂得的显然比他多。当然这些知识，也是她嫁给史谦后慢慢学会的。

史谦才是真正意义的户外专家。几年的婚姻中，他们光西藏就去过三回，来回都近一个月，每次“高反”都折磨得她死去活来。史谦从不“高反”。夜宿唐古拉山口都没见他“高反”过，在珠峰大本营和纳木错，他照样抽烟喝酒，啥事没有。史谦比她大二十岁，按说她的身体更好才对。但他就不“高反”，白天到处拍照，东奔西跑，夜里倒头就睡，呼噜震天，她疑心他是特殊材料做成的。

三年前，说不上什么原因，她突然想来洞庭写生，看看芦花。她本也不是什么画家，大学时突然感兴趣，跟着老师学过一会儿，婚后闲着无聊，重又拾起笔，平时喜欢跟一些画画的往来，兴致来时，胡乱画几笔。她从没把自己看作正儿八经的画家，别人眼里，她更加不是。写生的地方，是史谦帮她推荐的。她说最好能在那儿住上几天。不想住酒店，最好是民宿，有情调点的。史谦便托朋友打听到了这一家。

民宿紧靠着湖边，布置精巧雅致，打开窗户就能看见湖水。夜里波浪拍岸，清风吹得杨树叶簌簌作响。湖区湿地多萤火虫，夜幕降临，草丛萤光点点，伸手可触。她想起小时候看过的高勋执导的动画片《再见萤火虫》，怦然心动。民宿的名字也取得很特别，叫“摩西，把房梁抬高”。她一下就爱上了这里。

时值十月，漫天芦花，一眼望不到头。正是收割芦苇的季节，每年这个时候，周边县市的农民大军，带着锅碗瓢盆和镰刀，一头扎进芦苇荡，安营扎寨。用芦苇搭帐篷，吃住都在里边，一直待到初冬。砍倒的芦苇一捆捆绑好，被货船运往造纸厂。芦苇是造纸的好材料。

是史谦开车送她去的，安顿妥当他才回去。那几年，他从广告业转型，在东莞投资了一家中小型代工厂，专门做耳机配件，手下管着百十来号人，和诺基亚、摩托罗拉等手机巨头都有业务往来。正赶上代工厂的黄金时期，他初次涉入，竟也做得风生水起，一年下来，纯利润高达四百多万，赚了个钵满盆满。后来又涉足餐饮，和几个大学同学合股，在长沙开了一家餐楼。一切顺风顺水，餐厅第二年就回了本。他雄心勃勃，只觉路途平坦，前方一片明亮，到第三年，他扩了厂房。在惠州新投资了一家分工厂，计划再努力两年，将公司上市。

生意上的事，她从没过问。就像她也不希望他过问她画画的事。史谦不缺钱，对她管束也宽松。这也是她嫁给他的原因。虽有些露骨，但毕竟史谦大她近二十岁，有过一段失败的婚姻。她年轻，漂亮，正是风姿绰约的年华，加上搞艺术独有的气质，追她的人从没缺过。前妻和他是大学同学，带着女儿在武汉生活。她从没见过他的前妻，也没兴趣去了解。说到底，她并不在意这些。那都是过去时了，她要的是现在时：安逸，优雅，稳定，有尊严的生活。如有幸碰上一个有趣的灵魂，那就更完美了。

她以为史谦都具备了。

走前，史谦从后备箱拿了几瓶去年他们从法国旅行带回来的葡萄酒。顾烨爱喝红酒，每天临睡前，都要喝小杯干红。她坐在阳台的藤椅抽烟，他把红酒一瓶瓶地放进橱柜，码放整齐。天色渐渐暗沉下来，黄昏正在有秩序地撤退。从橘红到粉紫到暗蓝，最后一团乌黑，水天一色，看起来更像一场溃败。多么温柔的时光啊，爱在日落黄昏中，时间再往前一点，她兴许会感动，会希冀。现在她望着硬币般平静的湖面，无动于衷。前方空无一物，连水鸟也消失了。

“不要喝醉，尽量早睡，好好照顾好自己。”他叮嘱说。她嗯了一声，说好。

月亮从湖面升起来，十月的天气已带着一丝凉意。他们开了一瓶红酒，尚未干完一杯，他就表露出了迫切的需要。他做事总是那么急躁，缺少必要的情趣和耐心。她希望他能在她身上多花点时间。在她看来，他眼里的她更像件昂贵的商品，而不是女人，甚至妻子。他把她抱到床上，去解她衣服。她扭头去望着窗外，天边浮着一轮淡黄月亮，夜凉风清，良辰美景，有那么刹那，她对伏在身上的那具沉重的肉身感到了厌倦。她不知道这样的生活还要忍受多久。她一声不吭，任由男人犁入，心中默念着早些结束。当史谦的嘴唇凑来时，她下意识地抿了嘴，将脸偏向一边。她厌恶丈夫的亲吻。他的口腔永远散发着一股食物混合着香烟的腐臭味。

这样的婚姻，自然很难有什么刻骨铭心的体验。结婚几年以来，她从没体验过高潮，一次也没有。他的攻势如潮，大有攻城拔寨之势，然而如夏天的暴雨，来去匆匆，往往她的身体还没来得及苏醒，他便鸣金收兵了。侍弄完，他习惯点根烟，靠着头枕，陷入短暂的沉思。不知是在想她，还是想他的生意。他似乎也从没在乎过她的感受。

那次和往常倒有些不同，他似乎意识到了以往的粗鲁，非常耐心，将她的身体弄得像水草一样柔软。她差一点要高潮。

没采取任何的安全措施。房间没备避孕套，他也没带。都弄里头了？事毕，她皱起眉，话里带着股情绪。他局促地笑笑，说怀上就怀上吧，都三年了，也该怀一个了。他坐在那儿吸烟，她不作声，起身去洗手间冲洗。正好赶上她的排卵期。她蹲在马桶上，试图排出来。

她还年轻，没做好当母亲的准备。当然也晓得，孩子对她意味着什么。孩子是条绳索，总有一天她会被套牢。凡·高的麦田高更的塔希提岛蓬皮杜的装置艺术最后统统都会化为孩子的啼哭和尿布。简直不敢想象。

然而史谦并不这么看。前妻生的是女儿，他还想要个儿子。这个愿望自打他们结婚之日起，便寄托给了她。现在回想，当初的婚姻更像一笔交易。她付出青春、身体，获取一个女人的虚荣和优渥的生活。所不同的是，她不是小三，明媒正娶。当然他也不是那种俗到只谈钱的男人。他能给予她需要的富足、安定、宽容和自由。这些都是她必需的。他也同样热爱生活，自驾、户外、摄影，这也是他们业余时间都乐意去干的事。虽然看起来，更像在给自己寻找体面的台阶。毕竟嫁给一个大她近二十岁的男人，她还是冒了世俗的风险。

史谦是第二天早上离开的。她尚未醒来，迷糊中感觉嘴唇潮湿了下。他大概说等她忙完，会过来接她。她含糊地应了声，接着沉睡。仿佛是梦中，她听见门锁轻轻咬合的声音，继而是汽车引擎发动的声音。后来她竟做了个春梦，和一个古铜色肌肉的俊朗男子痛快地来了一场鱼水之欢。醒来时，她的脸颊泛起一圈红潮。

上午十点，一个晴朗的好天气，微风，白云，远处黑点大的小渔船随着波纹来回起伏。她望着窗外的湖水发了会儿呆，吃牛角面包，喝咖啡，连抽两根烟，感觉这里的生活跟做梦一样。

原计划只待一个星期的，画几幅速写，再拍点照片就回去。她睡得晚，起得也晚，每天起床，都快上午了。吃完早午饭，去湖边附近小镇溜达一圈，四处逛逛，体验当地的生活，下午背着夹板颜料，去湖区写生，直到天黑。陌生的小地方，没一个熟人，让她有种放空和安全的感觉。这样的状态持续了一个星期左右，她觉得差不多了，准备打道回府。

临走的前一晚，民宿入住了一群青年。他们在露台喝酒，玩桌游，他们向她发出邀请，她闲着无事，愉快地加入进去。他们在露台拼了一张长条形桌，大约七八个人，围桌落座。大多数都是陌生的面孔，唯有斜对面那位，戴着一顶 1969 阿拉伯数字的黑蓝色鸭舌帽，似乎面熟。每天上午，她都看见他，坐在一楼咖啡厅的角落，写着什么。两人有过几次眼神的交流，但从没说过话。这回在露台上，算是正式认识了。也记不清是谁先搭的讪，总之当晚氛围很好，玩一种“七八九”的罚酒游戏。她的思维老是跟不上节奏，被罚了好些酒。游戏玩到夜里十点才散，她有些晕乎，坐在躺椅上，盯着云层里的满月，想起又要回到那个冰冷的家，突然涌出要哭的冲动。他说没事吧你？她摇了摇头，将发丝遮住脸。有心事？她又摇摇头，说没事。她以为他马上就走，没想他反倒拎了瓶啤酒，索性坐她身边了。我叫岳廉，你怎么称呼？她不由得细看他一眼。白色球鞋，黑色 Fred Perry 牌运动衫，听不出是哪儿的口音。她爱艺术、绘画，却并不是细心的女人。生活中她是脸盲，瞅着人眼熟，却死活叫不出人名来，常装疯卖傻，靠糊弄过去。但岳廉不一样，他是那种想忘记也难的男人。善谈，幽默，会讲故事，懂得不露痕迹地奉承女人，这点很讨人喜欢。她好奇，我想看你不戴帽子是怎么样的？他一把褫掉鸭舌帽，一头精神的短发。她指着帽子上的1969，说这有什么含义吗？他咧嘴一笑，1969？西方性解放呗！她被逗得忍俊不禁。

岳廉从小在洞庭边长大。那晚他给她讲了很多洞庭的故事。讲桃花水母的传说，讲夏秋时节在芦苇荡野合的男女，讲九八年浊水滔天的洪灾。那些故事，在虚拟和现实中间彼此交织，说到后来，她想他也未必搞得清哪些是虚拟哪些是真实的。也正因如此，她才痴迷。

后来又聊到了绘画文学电影，从文艺复兴到印象派，从陀思妥耶夫斯基扯到昆汀。酒意烘托着聊兴，她自感这么多年，还是第一次如此尽兴畅聊。她好奇他每天抱着电脑噼里啪啦写的什么，他说在写一部长篇小说。原来你会写书啊？写的什么故事？她好奇心又上来了。他说写完再告诉你。其间她去了趟房间，又启了一瓶红酒回来。喝到凌晨一点多，酒意上涌，秋天的深夜愈发迷人，夜风中散发着淡淡的情欲，有点撩人，有点烧心。又说了些闲话，她借口困了，想回房休息。他便跟着她走，说送送她。她愣了下，明白其中的所指，刚想说点什么，被他用手指封住了嘴唇。我明白，别说话，嘘！他做了个鬼脸。她犹疑了一下，月光映照着一张坏坏的脸，满眼的笑意，她心里却莫名妥协了。

她走在前头，他默默跟着，一前一后踏入房间。房门啪的一声关上了。

她推迟了回去的时间。给丈夫打电话，说洞庭秋日太迷人，舍不得这儿的芦花，想多待几天。

他领她进芦苇深处，重新领略洞庭湖。她一个人是断不敢进去的。她从没见过如此仗势的芦苇，遮天蔽日，密不透风。不时有成群的水鸟从芦苇丛中引颈而飞，没入蓝天。站在瞭望塔，方圆数十里，目力所及，看不到水，浩浩荡荡，全是旌旗。芦苇荡大得无边，没人说得出个大概。如巨大的迷宫，易进难出。遍地芦花，微风一吹，花如雪髯，让她迷醉。他说芦苇有股韧劲，水涨多高，它就跟着长多高，永远不会被水淹灭，总要高出头来。她觉得岳廉身上就有股子这样的劲。他喜欢足球，踢的是9号位。他的大腿结实有力，在床上像匹种马。她一直想着史谦走后做的梦。梦中的那个古铜色肌肉的陌生男子和岳廉让她难以分辨。这三年多来，史谦亏欠她的，在岳廉身上全给弥补了。

芦苇荡有砍芦苇的工人，他们要赶在冬前把芦苇收割完。男人砍芦苇，女人负责捆扎和洗衣做饭，旁边用芦苇搭着一个个简易帐篷。没人照料的孩子就在芦苇荡里自个儿疯玩，捉蚂蚱，钓鱼，玩捉迷藏。

岳廉用芦苇很熟练地搭起了帐篷。看他驾轻就熟的样子，她说你以前也砍过芦苇？他摇摇头否认了。当晚他们在一处无人的僻静处，搭了帐篷，准备第二天早上看日出。她对洞庭的日出充满向往，特意带了单反相机。当夜明月朗朗，他说第二天早上准能看到壮观的日出。那是她第一次睡这种“帐篷”，充满野趣，又觉新鲜刺激，散发着原始的诱惑。干透的芦苇秸秆通风透气，带着股甜馨味儿，比起户外帐篷，另有一番味道。芦苇丛中响彻各种昆虫的鸣叫，不时听见小鱼跃出水面的响声。

那一夜过得让她永生难忘。

她是被冻醒的。看表已经五点多了。外边除了乳白色的雾水，什么也没有看到。起雾了，好大的雾气啊。他揉了揉眼，说这不是雾，变天了，很遗憾，这次看不成日出了。冷气透上来，她冻得一个劲地发抖，也没了看日出的兴趣。他将她搂进怀里，说下次吧，到时带上睡袋，下雪都不怕。

下次是什么时候呢，他们都没有去想。是明天，也许是明年，或者更远。史谦打电话来，催她回家。一眨眼就过了两个礼拜了，秋意已浓，一场秋雨一场寒，她也没带什么御寒的衣服，正好岳廉的长篇初稿已经完成，准备去北京。她问他去北京准备做什么，他说一个剧组在招文学顾问，要他去。

“那我以后来北京看你？”她意犹未尽地说。

“那可好了！”他依然一副没心没肺的样子，龇牙咧嘴笑。她猜不透他真实的想法。

走的那天上午，他照旧坐在一楼的咖啡角写东西。顾烨在前，史谦拎着箱子在后，他的目光越过电脑荧幕，朝他们瞥来。两道目光心照不宣地交织在一起，似有不舍，又夹杂着一丝偷欢过后的不安。她努了努嘴唇，刚想说声再见，又觉不妥。他到底没控制住，扬了扬手，朝她打了声招呼。一路顺风！谢谢，再见！她面无表情地说道。史谦望他一眼，两人没有寒暄，拎着箱子，径直出了门。

她低头坐进丈夫的奔驰 S400 轿车里，闻到了熟悉的车载香水味道。汽车缓缓加速，掠过影影绰绰的绿篱、湖区低矮民房的轮廓线和猎猎秋风中摇摆的芦苇。她的生活又倒回到两星期前。

短暂的湖区生活，对她来说，像一场不真实的梦。梦醒时分，她将再次回到原点，回归熟悉的生活。她想起弘一法师的那句偈语，“水月不真，惟有虚影，人亦如是，终莫之领”，不由轻轻叹了口气。李斯特的钢琴曲在车里徐徐响起，闭上眼睛，汽车转弯，拐上回家的高速公路，她心想，就到此为止吧。

北京

二〇一三年，是张舸来北京的第五个年头。五年间，她换了好几份工作，搬了四次家，谈了三段感情。说是三段，其实也有些勉强，至少这几个名字中，有些不过是她人生中匆匆的过客。

入冬以来，下过一场大雪，气温一直维持零下十度左右。家乡也下雪，但没气场，薄薄的一层，中午就化了。像北方这么气势磅礴的雪，她从没见过。她倒不怕冷，不像北方人，十月底就喊暖气怎么还没来。南方湿冷，室内室外都一样，天晴时，屋外反比屋内暖和，都跑外面晒太阳取暖。在北方待得越久，她也习惯了有暖气的冬天，御寒能力大为下降，每到年关，想起湿冷的南方就头疼。

张舸是二〇〇八年来的北京。那年她硕士毕业，二十五岁，和她本科同学的很多人都已相夫教子，成了家庭主妇，可对于她来说，人生才刚刚开始。她毕业于南方一所大学，上的新闻传播学，作为家中的独女，父母都希望她毕业留在省城，或者在家乡谋份差事。父母的意思再明显不过，二十五岁，不上不下的年龄，是该找个诚实可靠的结婚生子了。但这个稳妥的人生规划，她自始至终就没考虑。父母都是报社老员工，快到退休年龄，自然想她留在身边。起先，她听从父母建议，在省城的报社当实习记者，跟着新闻部主任，跑了两个月的时政新闻。新闻部主任早年在家乡时，是父亲的实习记者，彼此知根知底，对她客客气气的，知道两个月期满，必定会成为新同事。

她却让主任失望了。两个月下来，她明白何谓新闻，何谓理想。理想和事实真相，永远隔着堵墙。她不能撞破，也不想自己受伤。转身离去，是个光明而理智的选择。走得也潇洒，毕竟临近年尾，再坚持个把礼拜，还能得点年终福利，她觉得这钱不能拿。写了辞职报告，公开不想干了，没给自己留任何后路。

她文笔不错，写的报道得到过主编的认可，比那些纯属靠走关系进来的人，学历、文笔她都高出一截。主编表示了惋惜，临行前，试图挽留。她礼貌地谢绝了。她的同学中，大多数人的生活已经按部就班，看上去，她和她们不会有什么不同。而对于她来说，人生才刚刚起步。她不想在这个到处讲究人情世故的小地方虚度一生。父母说，你想去哪儿？北京。她坚定地说道。从小到大都听从父母安排，她已经受够了，怎么着也得自己单枪匹马闯荡一回了。这次便没遵从他们的意见。走的时候，瞒着父母，只身一人去的北京。

北京，一座梦中的城。那里不仅有三里屯、后海、二十四小时营业的书店、小剧场，也有盛名在外的簋街牛蛙、北京烤鸭。这么想着，她义无反顾地来了。

第一份工作，是广告文案。和她的专业八竿子打不着。公司在建国门附近，为了省房租，她和人在偏远的八角游乐园合租了一套两居室。公司刚成立不久，正处上升期，需要业绩，工作强度也大，加班是家常便饭。她很少按时下过班，总是踩着点搭末班地铁，回到家夜里十一点多，累得瘫痪在床，一动不想动，连洗脸刷牙的力气都没有了。

也不是没动摇过。这样的生活真是她需要的吗？工作了两个月，家人打电话来，试探情况，问在北京过得如何，工作顺不顺利？需要打钱过来吗？她一肚子委屈，忍着哭腔，硬是将眼泪吞进肚里，说很好，一切都无需担心，我能应付。

还是母亲心细，晓得她的性格，说一个人在外，不想干了就回来，不要硬扛着。

挂完电话，她捂着被子痛哭了一场。偌大的北京，举目无亲，家隔千里，她一个刚踏出校门的女孩，要在这边扎根立足，谈何容易。仿佛和家人怄气，电话中，她丁点服软的意思都没有。她说很好，一切都很满意。她晓得，父母是在等她妥协，等她主动认输，总有一天她会如他们所说的，北京不是人待的地方，这次算是交学费，有了这一遭，心也就踏实了。他们越这样想，她越想证明自己。熬不了这关，灰溜溜地回家，她自己也瞧不起自己。

她终于慢慢适应了北京快速的生活和工作节奏。为了节省时间，她索性理了短发，穿回平底鞋，不施粉黛，风风火火，一副利索干练的打扮。以前她花在梳妆打扮上的时间太多，洗个头发，都得花上个把钟头。现在五分钟下来，全身上下，收拾停当。为了节省开支，她很少打车，挤地铁公交，忍着不逛街，将所有的心思都花在工作上。看着镜子里的脸，连她自己都觉得陌生。

第一份工作只干了半年，她找了个机会，跳槽去了一家广播电台当编辑，算是又回到了老本行。新单位离租房近了很多，能走路上下班。相比广告公司，加班次数也大为减少。她总算是缓过气来，利用周末的时间，将北京各大有名的景点都逛了个遍。她将照片上传到 QQ 空间，也发给父母，展示在大家面前的，是一个充满活力和自信的女孩，长城、故宫、颐和园、北大、清华等都留下了她灿烂的身影。她逐渐适应了北京，这座巨大的陌生之城，在她心中一点点地清晰。那段不堪回首的经历终于翻过去了。

说起来，她和褚健是冬天认识的。天很冷，寒风料峭，空气混浊，即使戴着防霾口罩，也能闻到一股焦灼刺鼻的气味。等电梯时，他先开了口，说和她在同栋楼，这个月已经是第三次碰面了。她打量了他一眼，瘦高，穿着休闲，说话带点东北口音。她说是吗，矜持地笑笑，并没往心里去。

第二天，她在等电梯时，两人又碰上了，彼此都相视一笑。可能还会继续碰面，给个手机号吧？他似笑非笑，眼角上扬，带着几分狡黠。号码加上了，他又问怎么称呼？电梯里只有他俩，她望着不断闪烁的楼层，她说叫张舸，你呢？二十三楼到了。他扬了扬手机，说短信上聊。

褚健。东北人。做IT。来北京快两年了。他在短信里做自我介绍。

她对东北人并不感冒。倒不是地域歧视，她记忆里，父母同事里就有个东北阿姨，和他们住同个单元，阔脸塌鼻，能说会道，还爱占小便宜。换母亲的话，死的都能讲出活的来。东北阿姨年届四十，脾气越来越差，有段时间和谁都处不好，三天两头要和人大吵一架。她嗓门大，腰身粗，往上一吼，整栋楼都要颤一颤。东北阿姨给她留下的印象太深，后来但凡遇到东北人，都免不了要和她比一比。

两人不在同一公司，上下班却常碰见。每回都是他主动先打招呼。有时叫她小鹿，有时叫她张舸。她不叫褚健，叫他图们。他是东北图们人。那是她头回听说图们这个地名。为此她专门去查了中国地图，一个与朝鲜稳城郡隔江相望的小城。为啥叫我图们啊？他说。好玩，新鲜，你不觉得图们比你名字有趣吗？没觉得，俺们图们那旮旯老土了。他装作委屈的样子说道。你去过东北吗？他又说。没有啊。北京已是她到过的最北的地方了。冬天东北好玩吗？她说。下雪，老厚的雪了，没啥好玩的，冷死人。他的回答让她有些失望。下雪很好啊！冰天雪地，多好。她说。你们南方下雪吗？他说。也下，下得小，半天就化了。她说。我们那儿的雪一下就是两米深，汽车都埋掉了。见她吃惊的样子，又说雪花大得，落在脑袋上能砸出个洞来。她说你骗鬼呢！他一脸正经的样子说，不信你去看看，燕山雪花大如席，说的就是我们图们。

图们就这么叫上了。叫图们比叫褚健显得亲切。他喜欢骑行，周末的时候，他约她一起骑行去潭柘寺。来回几十公里，累得她差点散架，一个礼拜不敢看自行车坐垫。图们，我快要废了，你一定是故意整我的。图们听了大笑，说光一个潭柘寺就累成这样了，那妙峰山、居庸关、高崖口不得出人命？她嚷着说不管，我现在看着自行车坐垫就屁股痛。他说要不给你揉揉？滚蛋。她嗔怒地回答。他依旧笑嘻嘻的。

图们心灵手巧，动手能力强，喜欢做些手工艺品，小陶俑、提线木偶、匹诺曹，等等。周末一有空暇，他就钻研这些。有那么一阵，他迷上了船模。他按照 1:700 的比例，制作了一艘木制帆船模型。这玩意儿既需时间，也需耐心。一艘帆船模型制成，动辄上千个步骤。图们做别的毛手毛脚，唯独干起这个，非常专注和耐心。他有条不紊地操作着这些，沉浸在手工的世界里。每个步骤都不容有误，一个动作稍有偏差，意味着整个工程前功尽弃。他小心翼翼地拼装龙骨，铺甲板，拉绳索，挂帆，最后加上火炮、三眼滑车，甲板上还立着几排栩栩如生的士兵，拉上国旗。圣诞节那天，这项浩大而烦琐的工程终于竣工，一艘精致立体的帆船摆在她眼前。怎么样？他咧着嘴笑。她无法将这么大大咧咧的图们和眼前的船模联系在一起。他把这艘花了一个多月的时间制作而成的船模当圣诞礼物送给了她。她捧在手上，沉甸甸的，心里顿时一热。

那是她正儿八经和人谈恋爱。大学期间，她虽然也谈过两回，但和图们比，他们显得青涩，也任性很多，后来都无疾而终。

她喜欢听图们讲东北老家的事。他大学毕业那年，去乡下喝大学室友的喜酒，大冬天，车在半路就抛了锚，他们几个同学踩着齐膝深的雪，深一脚浅一脚，赶到同学家时，天已黑透，酒宴散尽，室友看他们竟然都来齐了，感动得眼泪都快出来了。那天晚上，他们坐在同学新婚大喜的热炕上，喝得天昏地暗。炕烧得烫屁股，加上酒精刺激，他们热得受不了，脱得只剩内衣。酒喝到凌晨三点多才散，新娘早已去别的房间睡了。

夜里他有了尿意，晕头转向地去外边上厕所，推开门，整个白茫茫的世界，大雪还在继续，悄无声息地飘落，亲吻着土地。

他喝多了酒，只穿一件汗衫，坐在零下三十多度的雪地里，仰望着漫天飞雪，第一次感觉雪如此纯净、美好，整个世界都是属于他一人的。多亏了室友的父亲发觉，赶紧将他拉回房间，差点没冻死。他说每年东北喝酒都会冻死人。喝多了，往路边一倒，再没起来过，第二早，冻成了个冰疙瘩。

他讲冬天在图们江捕鱼的故事。江面结冰后，大家带着冰穿、搅罗子、铁锹、麻袋，砸冰捞鱼。先往结冰的河面上钻个孔洞，等鱼过来透气。缺氧的鱼循着光线游过来，不断聚集，一个劲地往洞口冒。用不到一个晌午，就能捞上几十斤。鱼往冰面一丢，蹦跳几下，一会儿就冻僵了，冰条子似的。他最喜欢捞狗鱼，狗鱼的肉质细嫩洁白，味道最鲜美。

图们善言，装着一肚子的故事。只要他想讲，根本停不下来。她笑他话痨。她喜欢他讲这些。东北往事讲得差不多了，却唯独很少听他讲自己的。她好奇心上来，就问，讲讲你呗？没啥好讲的，工厂子弟，没故事，就那样。被他三言两语就带过了。

那年冬天，怀着对东北强烈的好奇，她跟他回了一趟老家。东北的冬天远没他嘴里说的有趣，天寒地坼，除了茫茫白雪，啥都看不到，刚去就把耳朵冻伤了。那是她第一次去男友家，图们家的情况超乎她的想象。她才晓得为什么图们不愿多讲他家里的情况。他家在图们的老街，住的还是几十年前的筒子楼，家里有个瘫痪快十年的父亲，一家人全靠下岗的母亲起早摸黑摆早点摊在撑着。他是炼钢厂的子弟，父母早些年都是钢厂的职工，后来父母所在的国有企业改革，双双下了岗，父亲跑的士，没跑半年，就出了车祸，路面结冰，撞了卡车，伤到颈椎，高位截瘫，再没下过床。她站在狭小的家中，房间充斥着一股奇怪的气味，一时语塞，不知说些什么。图们一定也看出她的局促，脸上有些尴尬。她没想到男友家竟穷成这样，穷到连件像样的家具都没有。晚上她和图们一家挤着一张炕睡，她失眠了，窗外大雪纷飞，她仿佛听见雪花落地的声音，一下下砸在心坎上。本来想趁着假期多玩几天，但到第三天她执意要回。她知道自己不属于这儿。

父母打电话，问起她的近况，她本想把和图们谈恋爱的故事告诉他们，话到了嘴边她又忍住了。图们，也许连父母都没听说的地方，相隔他们三千多公里，意味着离北京又远了一程。父母要是知道她在北京找了个东北的对象，还不知急成啥样。

从东北回来，她和图们的关系不咸不淡地维系着。图们一定也感受到了，问她是不是对他的家境不满意？她摇了摇头说，没有，很好的，你父母对我都很热情。那你为什么不高兴？图们说。没有。她执意地否定。我没不高兴，先睡觉吧，我困了。从东北回来，她一直困乏，每天都睡不醒。图们入睡后，她反倒精神了。她侧着脸，端详着图们入睡的样子。那是一张不算难看的脸，没有沾上东北的习气，凡事都哄着她，忍让着她。她想为何还是不满意呢？她想了很多原因，也没想明白，心里愈发凌乱，觉得人生处处都在给她设置关卡。

公司不提供午餐，张舸通常都是和部门同事去外边解决。那些已经成家的同事们，每天中午的话题就是房价。她坐在其中，默默吞咽，一声不发。她们口中的楼市仿佛和她没有多大关系。奥运年以后，房价一天一个样，节节高攀。涨得再高，和她没关系，跌得再低，她也买不起。她索然无味地听着，觉得这些事离她很远。有回几位大姐善意地问起，说张舸你来北京也快一年多了，怎么从不见你关注楼市？她笑了笑说，太贵了，反正都买不起。大姐说，以后更贵，处对象了吧？周末一块儿多看看多了解，要想留在北京，越早规划越好。我们刚来时也和你想法差不多，买房要趁早，宁肯让家里亲戚朋友凑点，总之买到就是赚了。她点头答应说好，到时也去关注下楼市行情。看着那些打了鸡血似的同事，她觉得是群不可思议的人。她们的人生已经被房子套牢。买了一套房的正着手第二套房，还没有买房的人，每个周末都投身在了新楼盘上。

那不是她想要的生活。她的生活是周末的时间去各大博物馆看展、听讲座、逛街。图们对这些没有什么兴趣。每次都是她强拉着去。上次她喜欢的昆曲《牡丹亭》在北大百年讲堂上演，她拉着他兴致勃勃一起去看，戏曲尚未结束，她就听见了鼾声。这使她勃然大怒，觉得图们太没品位和涵养，这样的场合，他怎好意思睡着？她深感懊丧。想，怎能和这样的人生活一辈子呢？

多无趣啊，多没共同语言啊，他们之间除了情侣间的那点事，能说到一块儿的还有什么？他既不懂昆曲，也不喜欢逛博物馆，连看个话剧《恋爱的犀牛》，哼哧半天都看不出个所以然来。

没有审美也就算了，关键还没钱。

其间，两人还真去看过一两次楼盘。回来都沮丧得要命。南方口音和东北口音夹在一块儿，各自眼里都透着一股子不自信。在售楼小姐程序化的微笑中，他们走得几乎狼狈。坐上公交，她倒是真心想起了房子的事。有个立锥之地，也总比三番五次搬家要强。之前她从没想要买房。觉得一辈子被一套房套牢，太不值得了。自然也就没想成家的事。仿佛这些事离她还很远。她总觉得还没长大，还年轻，想快乐地生活，不想过早屈服于沉重的现实。看了几次楼盘和样板间，她开始有了想法，觉得生而为人，理应过上有尊严体面的生活。想到还要继续挤在比她年龄还大的破出租房，她感到了绝望。

她试探性问过图们。图们笑笑。他的笑更像是敷衍和逃避，这让她感到悲哀。一个人可以没钱，但一定不能失去斗志。她希望两个人能联手一块儿奋斗，朝着既定的目标拼搏。图们的沮丧和灰心，是她最不能容忍的。买房这事上，图们家自然指望不上，不拖后腿就万幸了。而她也不忍心让父母把辛辛苦苦积攒大半生的积蓄拿出来做首付。何况他们愿意，能否凑齐首付也是个未知数。

一切都得靠他们自己。

靠自己买房，在图们看来，显得不切实际。或许他压根也没想在北京长久待下去，最后还是要回东北那个小城，大冷天带着冰穿、搅罗子、铁锹、麻袋去图们江上砸冰捞鱼才是他真正的生活。北京的生活，离他太远，让他心虚。时间长了，她摸透了他的心思，大吵过几次，有一次她把他送的圣诞礼物，那艘花了他很长时间制作的船模摔了个粉碎。摔完她就后悔了，为了掩饰自己的懊恼，她朝他歇斯底里地吼，企图激怒他。除了玩这些没用的，你还会什么？玩得再好又有什么出息？他的嘴角痛苦地抽搐，朝她深深望了一眼，她以为他要反攻了，索性来个一刀两断，结果图们依然一声不哼，紧锁着眉头，默默地收拾地上的残局。

这段爱情持续没到一年，最终的结局和她所想的大抵相似，图们的父亲病危，必须马上回东北。临行前，他试探性问她，愿不愿意跟他一起回东北。她随便找了个借口，说公司最近业务忙，脱不开身。心里异常清醒，他们太远了，不仅仅是地理空间，还有志同道合的距离。图们也许已经猜到，只说没关系，保持联系，叮嘱她按时吃饭，不要感冒，好好照顾自己。

图们回东北那天，天很冷，重度雾霾已经持续了一个星期，她执意要送他去车站。他说不用了，我一大老爷们有什么好送的。他的行李不多，一个背包和一只拉杆箱。里面装着他在北京两年来的全部记忆。在进站口，他们拥抱了一下。透过羽绒服的味道，她闻到了图们身上熟悉的气味。他的嘴唇乌青，冰块似的发烫，她极力克制着自己的情绪，不想在他面前哭出来。我们很快还会再见的。图们贴着她的脸说。我也会等你回来的。她终于流了泪。为不能兑现的承诺，也为即将失去的图们。

重逢

从洞庭回来没过多久，顾烨发现自己怀孕了。她的例假通常都很准时。这次却推迟了一个多星期，身体风平浪静，没一点要来的迹象。

星期天早上，去药店买测孕棒回家的路上，一位腆着肚子的孕妇，挽着爱人的胳膊，正从小区门口走出来。她下意识地瞟了眼女人隆起的腹部，心中倏忽闪过最糟糕的念头。

她躲在洗手间，忐忑地等候结果。测孕棒两条清晰刺目的红线验证了她的不安。千真万确。她特意多买了两条，结果都表明准确无误。她要当妈妈了。她再次想起早上在小区门口碰到的孕妇。这突如其来的事实，让她一下无所适从，她摩挲着镜面，茫然望着镜中那张年轻的脸，冰凉的玻璃让她的身子微微发抖。

她仿佛看得见生活的天平正在急剧地倾斜。

在民宿期间，他们都没采取任何避孕措施。事后回想，她深感懊悔。为了得到更肯定的答案，她特意去了医院做了B超。孕期十周，胎儿发育健康。医生说这孩子身体太好了，胚胎都有人形了,小手分叉,捂着脸儿。当医生用毋庸置疑的语气和她道贺时，她感觉背后被一把懊悔的利刃抵着，医生的每一句都带着刺痛感。

她心里忐忑，不敢确定是谁的种子。可能是岳廉，因为他年轻力壮。但史谦的可能性更大些，那天正好赶上她的排卵期。事后她第一时间去洗手间，做了最大的补救，却没去买毓婷。那东西她吃了过敏，情绪低落、暴躁，接下来两三个月经期紊乱。她抱着赌一把的侥幸心理，把这事给耽误了。和岳廉在一起，她谨慎了很多，没让他弄在里面。然而这事情，谁敢打包票呢？她懊悔那次相遇，以为逢场作戏，相互取悦，事了一身轻，浑然没想到掉进了麻痹的陷阱，要为这轻浮付出代价。

怎能相信这些夸夸其谈的男人呢？他们想尽办法，发誓将女人哄上床，据为己有。在性爱面前，女人是天生的猎物，是弱者，是食物链的底端。他们多么自私啊，如同一群赤裸裸的原始动物，将躁动的种子撒播于女人体内，不闻不问，扬长而去。他们不知这片刻的欢愉将轻易地毁掉一个女人的一切。

圣诞节快到了，她提前订好了机票，原计划去香港扫货。她心仪已久的新款LV挎包即将上市，还有新款的iPhone手机。这次去香港，志在必得。意外的怀孕，却搅乱了她所有的计划。

趁没形成燎原之势前，她想尽快扑灭这团危险的火种。想了很久，最稳妥的方式，当然是堕胎。到处都是无痛人流广告，给人制造一种堕胎就像吃饭睡觉般轻松的假象。然而真正去了医院，她才知道一切没那么简单。从手术室出来的女孩脸如纸色，几乎都带着哭腔。她看到一个女孩连提裤子的力气都没了，差点晕倒在门口。她看得胆战心惊。咨询医生，医生建议，孕期已经不适合做药流，只能引产。她听到引产，心里就冒了寒气，想象冰冷的钳子深入体内，在里面使劲捣鼓，禁不住打了个冷战。等待区坐着一些年轻的女孩，十几二十来岁，大多数由男朋友陪着。他们似乎早已见多不怪，没太把这当回事，都玩着手机。她看了有些生气。想男人到底是群自私的东西，只顾自己爽了，哪能体会女人的痛楚？

她没人陪，一个人来的医院。这事自然知道的人越少越好。起先她瞒着所有人，也包括史谦。她犹豫过要不要告诉岳廉，又觉得突兀，万一他不承认呢？反而呛一鼻子灰，于是放弃了。

这个时候，她才感到生活中有一个闺蜜是多么重要。她自然想起了栗子，想要是身边有像栗子那样的朋友，她也不至于这么狼狈。栗子是她大学最要好的朋友，两人形影不离，无话不谈，但栗子毕业后就嫁到了咸阳。这件事，她只告诉了栗子一人。栗子和她不在一座城市，又不认识史谦和她现在的朋友，和她说什么都无须顾虑。她想栗子能陪她一起去医院就好了。栗子说能等到圣诞后吗？说孩子最近得了急性肺炎，这些天，家和医院两点一线跑，忙得脚不沾地，孩子病没好，她自己反累倒了，全身酸痛，恐怕也是重感冒上身。说，等孩子病好了，她就过来陪她一起去医院。她想反正都这样了，等栗子来了再说。

她想自己去医院悄悄把胎堕了。临出门时，想起从手术室走出来的那一张张惨白的面孔，又失了勇气。如此犹豫徘徊之间，妊娠反应加剧了。

一天坐史谦的车去影院的路上，突然泛起一阵强烈的恶心感。在路边紧急停了车，蹲在马路牙子上干呕不止，颇有些狼狈。他问怎么了？她搪塞说是感冒。问要不要上医院，她摇头说不碍事。恶心持续了几天，史谦起了疑心，说怎么看着像有了身孕了？她虽极力否认，还是被老练的史谦一眼识破，他目不转睛地盯着她，空气冷到冰点，她被盯得心里直发毛，直到史谦垂下眼帘，脸上浮现一丝隐微的笑纹："十有八九是怀上了！"她算是默认了，没再搭理他，掏出一根烟，刚点上，深吸了口，被史谦一把掏走，说忍忍，这段时间先别抽了。言下之意，她怀孕已成事实。

她和史谦认真谈过此事。保姆早已睡了，偌大的房子没有一点动静。她特意启了瓶红酒，点上香薰蜡烛，商议怎样处理孩子的事。她说还没做好准备，试图说服他。别的任何事我都可以，这事绝对不行。她的话还没说完，被史谦挥手打断了。他神情严肃冷峻，此事没得商量的余地。再说，你有什么权力处置一条生命？他指着她的肚子，他是属于我们共同的。你还记得我们怎么认识的吗？还记得盐井的天主教堂吗？他指了指她脖子上戴的白金十字项链，眼神聚集着一股亟须释放的盛怒。大使，他来得太不是时候了……我一点准备都没有。我还有很多事没做。她仍在做最后的反抗，眼圈泛红，像忍受着莫大的委屈。史谦在她身前蹲下，紧握她的手，柔声说道，任何事都没孩子重要。你晓得我一直想要个小孩。结婚这么久，我们也该有个宝宝了。你不是也很喜欢小孩吗？等孩子生下来后，你要做什么我都答应你。你以前说想去巴黎看画展，我到时会安排好，你在那边住一年半载都行。

她骑虎难下了。也想过偷偷跑去医院，先斩后奏，将孩子先弄掉再说。栗子说，这事操作起来不难，但做完以后怎么办？这不更加暴露你做贼心虚了吗？他要是知道真相，怎么肯原谅你？到时少不了你好果子吃。她想象史谦暴跳如雷的样子，到底是退缩了。她说那怎么办，难道真冒险生下来吗？栗子说，到这一步了，不想生也得生了，万一真是你老公的种呢？即使不是，你也要当作是，打死也不能松口。这年头，这样的事多了去了，只要你自己不承认，别让他抓着把柄，他怎么会怀疑？她想想也不是没道理，于是打消了顾虑，安心在家养胎。

春天，她的体形一点点变大。随着肚子的增大，电话里和公公婆婆，她也渐渐敢顶嘴了。史谦对她自然是百依百顺，但凡她有什么需求，总千方百计满足她。这些并不重要，重要的是她真的感受到了孕育生命的庄严和圣爱。那小东西时不时踢踏一脚，提醒他的存在。作为母亲的惊喜和期待，这一脚让她萌生出无限的柔情和怜悯。她捂着日渐隆起的肚皮，仿佛已听见了几个月后婴儿嘹亮的哭声。

其时，岳廉在北京。自从洞庭一别，他们的联系日渐疏远。她不是主动之人，凡事都讲求顺其自然。他不主动找她，她便报以矜持的沉默。湖区几日，不过是人生一段小小的插曲。她心里清楚不过，他也不过抱着玩一玩的心态，并不会在她身上投入过多的精力。有那么一段时间，他们几乎不再联系。一天晚上，她心情不佳，喝了点酒，突然想他，特别地想，冲动之下，给他拨了电话。岳廉大概在酒吧，环境嘈杂，她听见划拳猜令的声音。她说你能去个清静点的地方吗，我听不见。有事吗？他说。语气冰凉，更像是被打搅的陌生人。没事就不能联系你了？她强忍着不悦，冷冷地说道。

他一下反应过来，打着哈哈，连忙补救，一番解释。

她猜他换了个地方，也许是在洗手间，或在大堂。嘈杂消失了，信号却不好，断断续续的。她犹豫了下，终于说了怀孕的事情。那边许久没有声音，她说你在听吗？他说是的。会不会是你的？我没弄里面。他回复得很干净，像在极力撇开这层关系。我没别的意思，也不会纠缠你，放心。她语气中带着一丝自嘲。

他嗫嚅着，说不是这个意思。我只是觉得……不大可能吧……这个自私的否定，反倒使她大松了口气。不过就是个炮友，她在他心中的位置。不是最好。她说。你还好吧？他试图扭转尴尬的局面。很好，你先忙吧，再见。她利索地挂掉电话，然后关机，不给他任何机会。

几个月后，她生了个男婴。八斤重，沉甸甸，肉乎乎，哭声嘹亮。他们抱着向她道贺，她不敢相信身上竟掉下这么肥壮的一团肉。母子平安，婴儿健康红润，还是个带把儿的，皆大欢喜。她如释重负。史谦年届五十，喜得贵子，自是异常欢畅。满月酒是在香格里拉酒店举行的，前来贺喜的宾客有二十来桌。孩子的照片摆放在大厅醒目的位置，眉眼带笑，都说长得像父亲。问取的什么名字，史谦说小名倒是早想好了，叫牛顿，正名还没拿定好，再想想。大家都笑。夸这个牛顿今后要比那个牛顿还要牛。

她仔细研究过孩子的眉眼。都说像史谦。唯独她没看出来。孩子太小，还没化开，除了像他自己，谁都不像。她想那些说像史谦的，不过是些场面话，不像史谦像谁？要不像父亲那就麻烦了。

时间久了，心里紧绷的那根弦渐渐松弛。有时不经意看，孩子和史谦还真有几分相似。或许她的担心都是多余的，虚惊一场。抛开这些不讲，她的确从孩子身上得到了作为母亲的快乐和感动。孩子的一哭一笑，都牵系于心。她曾认定自己不喜欢孩子，然而孩子咧着小嘴朝她嗷嗷待哺时，她的意志不费吹灰之力就瓦解了。

她开始体悟，作为母亲，她对孩子意味着什么。在孩子未来漫长的成长中，她都将充当“母亲”这一重要角色。

之前制订的出国计划，她再没提及。史谦也假装忘记了。巴黎，旅行，画展，时装，购物，统统抛在一边。孩子出生后，她哪儿也不想去。她暗想，史谦的目的终于实现了。孩子是套圈，是无形的锁，一下将她套牢了。何况她还是主动的。

她本没打算再与岳廉联系。可他到底还是从朋友圈看到了孩子的照片，并点赞留言，孩子好可爱啊。她的心莫名被触动了一下，儿子正在摇篮里熟睡，粉红的脸蛋长着一层金色的茸毛，她忍不住将儿子五官细细看了一遍，尤其那挺拔的鼻梁，看得她心里直发毛。她顺手浏览了他的朋友圈，晒的都是一些演艺界人士的合影。她猜他也许在写剧本或者混剧组。

岳廉曾送过她一本书，《捕蜂人》，他的第一本小说集，签了名。她问是写捕蜂的故事吗？他笑笑，说不是，都是些日常生活的捕捉，随便翻翻吧，说出来多没劲。

她差点忘了这事。坐月子期间，闲来无聊，想到有这么一本书，从书橱翻出来，纯粹打发时间。五六个中短篇，青春加案情，混合着村上春树和东野圭吾的味道。一口气读了几篇，其中一个有点意思，讲一对偷情的男女，被老公发现，乘气球逃脱的故事。文笔诙谐、干练，起承转合，分寸拿捏得很准，比她想象的好。

这多少改变了她对他的看法。对于有才华的男人，尤其是郁郁不得志的，她总是控制不住自己的宽容和怜惜。

她以为两人再不会相见，发生在洞庭湖边的情事，不过人生一段插曲。现在曲终人散，一段情缘就此别过，再无纠葛。

一次夜里，她刚睡下，突然收到他的短信。能否借点钱给我周转下？谢谢。短信突兀，何况谈的还是钱。她没准备回。第二条紧接着又来了，我准备把小说集里那篇《红气球》拍成一部小成本的文艺电影。这事我努力很久了,好不容易筹到一笔资金，但不够，还缺点。想来想去，只有你能理解我，帮我。

早些年，她刚嫁给史谦，向她借钱的人多了。都知道她嫁给了有钱人。沾亲带故许久不曾联系的远亲，初中同学甚至曾短暂共事的同事，都向她开过口。他们真把她当成慈善大使了。起先碍于情面，借过几回。一旦松了口，等于开了闸门，一时半会儿收不住。这个借了那个不借，到头来，两头不讨好，背地里反而落了个吝啬抠门的名声，弄得她筋疲力尽，发誓再不借钱。

她换了几次手机号码，通讯录上的名单，该拉黑的拉黑，该回绝的回绝，新交的都是些富有阶层的太太，出手阔绰，出去吃饭、逛街，纷纷抢着埋单，从没为钱的事闹得不快。即使她埋单，也乐意，觉得这钱花得得当。养尊处优的生活过久了，她便觉得生活本就该如此饱满、昂然和体面。过去圈子的朋友，除了和栗子一直保持着联系，几乎销声匿迹。知道她的脾性，这两年，开口向她借钱的人不多了。她为成功逃离过去的阶层而庆幸。

她没想到岳廉会向她借钱。这步棋走得很意外。对于他的经济状况，她不了解，也不感兴趣。他承诺说救急一下，十万块，等新的制片人投资过来，一个月左右就还。在她看来，他们之间不是钱的问题。她也不缺这点钱。十万块，够去国外玩一趟而已。她感兴趣的，是他哪儿来的自信，知道她一定不会置之不理。

她并没答应。也没拒绝。一副模棱两可的态度。那几天刚好要去趟北京，下了飞机，去市区路上，突然想到他。晚上的酒宴上，她多喝了几杯，回到酒店，夜里十点多了，房间安静得可怕，能听到隔壁男女发出的欢愉之声，加上酒精在体内燃烧，里面积攒着一股亟须爆发的洪流，如小兽乱撞，让她耳根赤红。便再次想起他。想他结实的大腿，宽厚的胸膛，想他一本正经的胡说八道和冷幽默。终于没忍住，拨了他电话，告诉了酒店的房号。挂完电话，她便有些懊悔，仿佛一脚踏空，又坠入深渊。胡乱想着中，隔壁男女的动静更大了，似乎在挑衅式地炫耀。

一个钟头的样子，酒店的门铃响起。她裹着睡袍，悄悄下了床，透过猫眼。走廊上站着一位戴着鸭舌帽的青年男子。牛仔裤。皮夹克。手里夹着香烟。隔着厚实的门以及一年多的光阴，他们再次重逢了。她刚打开一道门缝，他便用力抓住金属把手，仿佛担心她临时反悔。

门啪的一声关上了，像两件凹凸有致的东西，严丝合缝在了一起。

去洞庭的途中（二）

他借了那笔钱，到底有没有用来拍电影，她从没问过。将《红气球》改成一部电影，自己来执导，是他一度的理想。私奔的情侣乘着热气球冉冉升起，离开大地，飞越城市、郊野、森林、河流……想一想，就觉得过瘾。他雄心勃勃，一副宏图大志的神态。说新又认识了一些知名导演，答应帮忙推荐，入围国际影展竞赛单元。获奖。聚光灯。专访。酒宴。巡回路演。一炮而红。他沉浸在对未来的描绘中，一脸喜悦，顺带将影视行业贬损一番，很多知名演艺界人士，在他眼里等同戏子和混子，一点文化水平都没有，看不懂他的小说，缺乏基本的文学修养。他自信满满，口才也好，情绪极富感染力。她听了也有所打动。

他忙碌，每天都工作到很晚。拍电影是复杂的团体项目，需要协调各种关系，不比写小说，一个人待在房间，打开电脑，只需屁股和椅子建立牢固的友谊，就能搞定所有事情。如此忙了一阵，突然没了动静。说审查出了问题，里面涉及了某些敏感镜头，需要删减补拍。他再没谈过要还钱的事。她也当忘了。

这期间，他们断续保持着联系。

北京一夜，她充足了电，恢复了充盈之气。每次想他的时候，她就去北京。找各种理由和借口，策展、购物、会友、看话剧，等等。孩子平时由保姆带，无须她操心。有时一待就是好几天。聊文学、艺术、绘画；做爱。形而上和形而下兼顾。疯狂纠缠，一次次推倒重来。周而复始。像吸饱的水蛭。在史谦身上未曾得到的满足，从岳廉这里一一补偿回来。在床上，他不像作家，像矿工，狂野，粗鲁，有劲。最疯狂的一次，他们在宾馆待了两天没出门。饿了就叫外卖，困了就睡。她看他眼中的火苗一点点黯淡下来，四仰八叉地躺在床上，疲惫的睡姿唤起她心中深藏的爱意。他醒来时，发现她正用一种不可思议的目光俯视着他。你这样看我做什么？你太可怕了。他准备投降。你才可怕呢，没节制的家伙！她用手指着他的额头，语气带着几分少女的娇嗔。

她从不领他进入她的圈子。他倒是喜欢带着她。以业余画家和他女朋友的身份，各种场合都参加。她也乐于进入他的生活，人生百态，粉墨登场，在北京巨大的舞台上，各自表演。导演、作家、演员、制片人、出版商、编辑、主持人、骗子、绿茶婊，眼花缭乱。有次在酒桌上还碰到一位当红流量小生，一起玩杀人游戏到天亮。当然见得最多的，是一个个作为“外省青年”的漂泊者，有点才华，又不安于现状，带着梦想，来到北京，被这座巨兽般的城市一天天磨掉锐气，丧失意志，最后泯然众人矣。她洞若观火，隔着层层叠影，倒是看得更为透彻。

他们在一起的时间，基本是她负责开销。他并不介意囊中羞涩和吃软饭的事实，好像花她的钱是理所当然的。残存的理想主义是他最后一片净土。他说，要不是心里还有梦想，我早就写电视剧剧本去了。很多人争着邀请他去当编剧。一集电视剧十几万，价格惊人。还有人说服他去拍商业电影，那种狗屎一样的电影,专门去博脑残们的眼泪和欢笑的下三滥电影。他不屑一顾，宁死不降。

她从不当真，报之以微笑，姑且当他说的是真话。她说你应该珍惜自己的才华,好好写你的小说。他说你喜欢我的小说吗?她说当然。他丝毫没掩饰自己的骄傲，等我写个更牛的，你等着。她心里雪亮，晓得他说这些的原因，不过是在为自己寻找借口。说难听点，这些都是遮羞布，扯掉这块布，他浑身赤裸，一具臭皮囊。

当然她不会刻意揭穿。即使他最后一事无成，她也得到了快乐和满足。他对她言从计听，也不惹她生气。他读过一些书，也看过些电影，品味都还不坏，艺术绘画上，他也能沾点边，普拉多、奥赛和大都会博物馆的馆藏，他随口能说出一连串，偶尔还能一针见血，颇有锋芒。何况他还有许多男人天生欠缺的幽默感，从精神到肉体，都能愉悦她，将她哄得乐不可支。

所以和岳廉在一起，时间显得总比别处要快些。

他学会了摄影，弄明白了ISO、光圈、景深、快门之间的关系，努力练习构图，为的是在旅途中给她拍出满意的照片。他们一同去过香港、新马泰，最远的一次，在斐济疯狂地玩了一个星期。

岳廉生日那天，她送了他几件衣服和一只精美的美度机械手表。当晚岳廉叫了不少朋友来庆生。他们叫她嫂子，表面毕恭毕敬，眼神又暗含着更深的玩味。晚饭结束，酒至微醺，岳廉兴致仍然很高，提议接着去钱柜唱歌。那晚喝了好几种酒。金门高粱、红酒、野格利口酒、威士忌，蒙眬的酒意中，她仿佛又回到婚前。那时她处了个男朋友，也是学艺术的，两人都没什么钱，也没工作，看不到一点前程，却很快乐，晚上经常跟一群青年落魄画家喝得烂醉，再醉醺醺回出租房，脱光衣服，做完爱就睡，啥事不想。她曾想把那段记忆抹去，到头来才发现，那是她人生最为轻松惬意的时光。

她自以为酒量还不差，那晚却被岳廉的那群朋友灌醉。其间她跑去洗手间悄悄吐了一通。回来时，看见岳廉正在分享手机里一个女人的照片。他显然也有些喝多了，说话都不大利索了。她醉眼惺忪，想知道他们在看什么。他们忙把手机屏幕关了，她好奇，说看啥呢？他们讪笑着，说没什么，一哄而散，神色都有些古怪，包厢很快又响起歌声。那晚狂欢直到凌晨才兴尽。她醉倒在包厢，记不清谁扶她回去的，睡到第二天中午，醒来发现躺在宾馆，只盖着一条毯子，全身一丝不挂，打岳廉手机关机，不知去向。

她头痛欲裂，带着一身的酒气，当天下午就飞回了南方。

后来，她又数次返回北京。他陪她逛遍了宋庄、上苑、798、环铁、索家村、草场地。她脑海中一直萦绕着那回在洞庭写生的画面。成为一位画家，一直都是她的梦想。至少嫁给史谦之前，这个梦在她心里已装了很多年。逛了世界各大著名艺术博物馆，看了数不清的名画，视界开阔后，她的热情反而冷却了下来。她为当时的狂妄和幼稚而惭愧。梦太大，大到可将她毫不费力地吞噬。有那么几年，她完全失去作画的热情和自信，情绪坠入冰点。直到上次在洞庭，她又拾起画笔，完成了几组素写。手艺尚未生疏，功底犹在，她又重获了信心。惋惜当时应该趁手热，多画点油画。这么想着，她便有点怀念洞庭了。说什么时候再去湖边看次日出，弥补上次的遗憾。他说好啊，去洞庭还不简单，立刻，马上，只是这个季节已经没芦苇了。没芦苇也没关系，她说，有日出就行，我要把它画下来。

时间已到二〇一四年冬天。天气阴冷，北方雾霾深锁，南方一片灰蒙。这样的天气实在不宜外出，更适合待在家里。那段时间他正好接了一个剧组的活，只有一个星期的假，试图劝止她，但她近乎固执要求前往。她说等不及了，她几次都梦见了洞庭，缪斯女神在向她挥手，她迫不及待了。这次去，他们带了相机、颜料，还特意买了帐篷、睡袋、防潮垫，准备在湖边露营，真实感受湖的气魄。

史谦名下共有两台车，一辆奔驰 S400 轿车和一辆牧马人。平时商务洽谈，他主要使用轿车。牧马人只有等节假日，他才有空闲摆弄。那是一台四门版的越野车，选的是他钟爱的熔岩红色，像团火。车买回来后，他没少在车上下功夫，轮胎、车灯、轮毂、保险杠都改装过，加装了绞盘、涉水喉和拖车钩，威风凛凛，像个大玩具。史谦很喜欢这台车。行驶在路上，轻易就能收获一片注目礼。他开着这辆车走遍新疆、青海、西藏、甘肃、云南、四川、东北。顾烨平时开她的甲壳虫，对这台充满雄性激素的越野车不大感兴趣。

那次去洞庭，正巧那两天她的甲壳虫正在 4S 店做保养，时间等不及，她只好开史谦的牧马人。史谦有些犹豫，说赶急吗？你很少开长途，过两天我挤时间送你去吧？她婉拒了。说不赶时间，去写生，拍照，慢慢开。看她信心十足的样子，他不好再说什么。问她是否还住原来的地方，她说再看，到哪儿算哪儿吧，能围湖转一圈最好。

出发那天的早晨，下了点雨，潮湿而寒冷。史谦将她的行李搬上车，关好后备箱，问她大概什么时候回。个把礼拜吧，主要看那边天气。她说。这次还是你一个人吗？他问。是啊。她答道。注意安全，随时保持联系，别开快车，他叮嘱说。不是小孩子了，我知道。她笑了笑，不忘朝他索一个吻。

车缓缓加速，走了一程，她看了眼后视镜，发现史谦还站在路边，使劲朝她挥手告别。这样的情景并不多见。她到底心虚，像个急于逃离的囚犯，深踩了一脚油门，越野车如脱缰野马，呼啸着朝前方驶去。

前方是什么？是无限延伸的公路，是密集的雨幕，是偌大的洞庭，是情人温暖的怀抱，也是空白的虚无。

他们事前约定在长沙碰面。没料到高速公路上出了点交通事故，堵了两个小时才顺通。接上岳廉后，天早黑透，原计划直接去民宿。她开了一天的车，疲乏不止，说先在长沙住一晚，明天再赶路吧。那晚运气却出奇糟糕，连着问了五六家酒店，都告知满房了。雨依然不依不饶地落着，温度很低，来回问了几家，人都冻僵了。她失了耐心，咬咬牙说，不用试了，直接走吧。

剩下的路程，她交给岳廉来开。他将牧马人啧啧称赞了一番，满眼掩饰不住的喜欢。她不以为然，说不就一台车嘛，悬挂硬，空间小，坐着不舒服，身子骨都快颠散了。他说你懂什么车啊，每个男人都渴望有辆这样的车，多硬朗、气派。她说就你懂。她将座椅往后调倒，说，累了，眯一会儿。

尖利的刹车声把她惊醒，巨大的惯性差点磕破额头。怎么了？她惊恐发问。好像有辆车摔下去了。他停好车，惊魂未定地说道。她看了眼，发现车不知何时已下了高速，正停在一条偏僻的乡道上，后方是隧道口。

“追尾了吗？”

“不是。”他擦擦额头上冒出的汗水。

“没事吧你？”

“没事。”他深吸口气，“我下去看看。”

他打开了危险报警闪光灯。橘红色的灯光喳喳地闪烁着。隧道异常寂静，一辆车都没有。他在安全距离内放置了三角警示牌，两人围着车观察了一圈，发现左前侧轮胎的翼子板撞掉了。对方的车呢？她张望一圈，一脸困惑。刚才还在，岳廉依旧惊魂未定，说，对方开着远光灯，路又窄，刺得他睁不开眼……后来那车突然失控了。她惊愕地聆听他的描述。你看这里，他打开手机的手电筒，终于在地上发现刹车的痕迹。雨夜视野不好，又沾着雨水，并不容易被发现。下雨天路面湿滑，应该是蹭着翼子板失控滚下山的。那傻 × 一直开着远光灯，是他自己操控不当，和我们没什么关系。他说。

车子并不难找，翻了个底朝天，刚滚到半山腰，被一棵岩松卡住了。奇怪的是车里没人。方向盘和座椅上倒有些血迹。他们以为人被抛出车外了，又来回找了一圈，仍然一无所获。两人屏息凝神，试图寻获一丝呻吟和呼救，然而除了疾风冷雨，什么也没听到。都觉得蹊跷。就在转身要走时，后备箱突然传来微弱的敲击声……

一个手脚都被束缚的女人，嘴巴被胶带封住，奄奄一息蜷曲在后备箱里，头部似乎受了重伤，正淌血不止，整张脸像涂了厚厚一层颜料。顾烨出于本能地发出一声尖叫。黑暗中女人的瞳仁白得吓人。女人的嘴唇微微张合，想说什么，然而声音太过弱小，她只得俯身去听，还是没听清。

我们马上帮你报警，打 120，你要坚持住！女人的瞳仁亮了亮，眼神透出央求，直直地望着眼前的陌生人。顾烨吓得浑身发抖，你坚持住啊！ 120 就快来了。女人眨了眨眼，嘴角微微抽动了下，倏忽间，眼神猛地暗了下去。油枯灯灭，顾烨感觉时间正在女人身上飞快地流逝。岳廉麻着胆子，凑前试探了下女人的鼻息，过了一会儿，朝她摇了摇头。那是她第一次目睹非正常死亡。她僵在那里，只觉四肢麻木无力，心里一阵绞痛，连呼吸都使不上劲来。

车灯刺破前方的黑夜，密集的雨丝被光柱裹挟着，如快速倾泻的流沙。车里暖气开到最大,她仍觉得冷。牙齿磕碰在一起，发出清脆的咬合声。他不得不腾出一只手，拍了拍她的肩膀，安慰她。报警吧，她说。她用的苹果手机，气温低就冻死机。她想借他的手机报警，他沉默不响。警察来了我们怎么解释？他终于说出了心中的忧虑。该怎么说怎么说吧，人命关天。他又沉默了一会儿。这事麻烦了。他突然叹了口气，点了根烟，将车窗降落一点，冷风呼地灌了进来。她忍不住打了个寒战。我不反对你报警，毕竟是命案，但我发誓，车祸的事真的和我没有关系。可警察会相信我说的吗？这荒山野岭，一没摄影头，二没目击证人，毕竟两条人命，说不清的。他说。既然和你没关系，那你担心什么？她说。他显得不耐烦起来，我担心的是招来不必要的麻烦，那女人你也看见了，已经死了，男人估计掉了悬崖，八成也死了。两条人命，虽然和我们一点关系都没有，但我们的车涉嫌命案，事情就复杂了……我是为你好啊，你就不怕你老公知道我俩在一起的事？她听了愣怔了下，没有想到他竟会想到这一层。我没别的意思……只是在报警前，我们最好先冷静冷静，现在报警也没用，这地方手机没信号，进了城再说吧。那个隧道口叫什么你知道吗？她强忍着不快问道。

“尖峰岭隧道。”

进城后，天刚麻麻亮。雨停了，厚厚的铅色云层笼罩头顶，透出一线暧昧不明的暖色调，让人猜不透阴晴。她眼前不停浮现那个奄奄一息的女人，女人的眼神闪烁着怨怒、不舍、悲伤和哀痛……救救我……她呻吟着，试图抬起手，去抓她的手臂。

趁他去加油，她跑到街边的公用电话亭报了警。尚未睡醒的警察打着哈欠，用慵懒的语气和她确认地址。尖峰岭隧道入口……她再次强调。从电话亭出来，曙色渐明，囤积的铅色云层渐渐明朗起来，一抹亮丽的朝阳像被刀划开的伤口，正慢慢溢出更多的红。几只野鸭正在湖面游弋。陆续有人沿着湖堤开始晨练。看上去，这是个美好的礼拜天。

艳照

艳照是匿名者用彩信方式发过来的。橘黄色的台灯下，妻子一丝不挂，脸颊桃红，正跪在地毯上给人口交。俯拍，只能看到妻子的脸。至于拍照者和发彩信的是否为同一个人，他不能确定。他后来追查过，是北京的临时号码，无从查到更多的信息。他以为会遇到勒索，等着对方进一步的动作，然而几天过去，死水微澜，没了动静。他倒坐不住了，主动问什么意思？那边回：没别的意思，纯粹同情。他拨过去，被掐掉，对方显然不想和他有更多的接触。后来连号码也成了空号。

线索就此中断。

活一把年纪,他还未曾受过这么大的羞辱。正赶上生意吃紧，工厂出了事，死了员工，内忧外患，巨大的压力面前，他分身乏术，根本没有时间和精力来应付。那段时间，他为了生意四处奔波，正好转移注意力。为了一笔平时根本瞧不上眼的小订单，陪客户到深夜，直到酩酊大醉。他也罕见地参与工厂员工的聚会，挨个去敬下属，一口一杯，每次都喝醉，让员工们既感动又惊讶。

有那么几次，史谦想直接删了算逑。这些照片，让他有吃了苍蝇的恶心感。他宽慰自己，就当什么也没发生，时间会抹平一切。

照片上的顾烨眼神迷醉、妩媚，一副受用的样子。他们结婚至今，她何时在他面前袒露放荡过？每次同房，她都跟上刑似的。她说性冷淡，痛，龇牙咧嘴，面若冰霜，像具僵尸，躺在床上，不主动，不配合，从没表露出半点快感。他每次都很潦草，憋屈，感觉自己像个强奸犯，负疚，继而烦闷。

他不能原谅妻子在别的男人面前放荡的样子，下贱得像个婊子。

照片到底没舍得删。他留着，权当证据。此刻还派不上什么用场，但他相信总有一天冬眠的蛇会苏醒。他等着春天的到来。春天蛇会朝他们吐芯子，张开獠牙，释放毒液。

他是谁？那是在什么地方？他们什么时候开始的？在一起多久了？这些都是他迫切想知道的。

当然不会有人告诉他，只能靠自己。

也许他是最后一个知道的。这年头搞婚外情，外边传得沸沸扬扬，爱人反而是最后一个知情。天晓得这顶绿帽戴了多久了？说不定连他的员工们都晓得了，早传遍了工厂。他将满腔的怒火强压于心，装作什么事都没发生过；私下里，他开始了行动。

只需花点钱，这点事自然谈不上什么秘密。他在网上雇了个私家侦探，很快将对方的家底摸了个透。是个青年作家，叫岳廉，南方人，出过几本没有销量的小说，漂泊京城，勾搭上妻子后，这两年把她当成了提款机。当然她的钱就是他的钱。想到自己竟供养了一个作家，不禁哑然失笑。这年头，他最恨的就是这些满口仁义道德的闲适文人。瞧不起这帮虚伪的家伙。想自己辛辛苦苦，每天陪客户，跑工厂，赚的钱却花在这家伙身上，连老婆都被人睡了，不生气是不可能的。

私家侦探传来一些两人的照片。她靠着男人的肩，坐在长椅上，一副亲密无间的样子。照片上的男人，他总觉得有些眼熟，像在哪儿见过，一时又想不起来了。他把认识的人在脑海细细过滤了一遍，都没对上号。

他忍辱负重了一段时间，戴着面具，活得很累。夜深人静，妻儿在侧，他屡屡从噩梦中惊醒，看见一个黑衣人伸出长臂，来夺牛顿。儿子发出凄厉的哭声，喊着要爸爸。他冷汗隐隐，打开台灯，望着在婴儿床熟睡的儿子，心中一阵钝痛。他从没怀疑过儿子。儿子是他的命。是他活着的笑声。牛顿周岁那天，他给儿子取了个名字，叫史疏。他希望儿子疏财仗义，成栋梁之材。儿子聪颖，一岁多就牙牙学语，开口的第一声是叫爸爸。稚嫩的呼唤，让他忍不住掉了泪。孩子平时很依赖他，喜欢他抱，比和妈妈还要亲近。

都说孩子长得像他。到了知天命的年龄，很多东西都看淡了。金钱，理想，道德，贞洁，曾经看得比命都重，现在都不值一提。她给他生了个孩子，孩子身上流淌着他的血，这才是无价之宝。他每天坚持给儿子拍一张照片，记录儿子慢慢成长的轨迹。他几次犹豫着妥协，人生不如意十之八九，到这年纪，他早看开了一切。睁只眼闭只眼，生活还得继续。其他都不重要，都是扯淡。

顾烨第二次去洞庭时，她的车还在4S店做保养，得等两天。她似乎等不及了，说开他的牧马人。平时她很少开这辆车，嫌太男性化，坐着也不舒服。那地方他去过，并无特别之处，加之连日阴雨，根本不适合写生，她按捺不住的样子，让他起了疑心。除了和情人去幽会，他想不出更多的理由。

有天晚饭结束，朋友请桑拿，做足浴时，他看温网，无意间瞥到赞助商 Fred Perry 的标识，猛地拍了拍脑袋，想到上回在湖边的民宿和妻子打招呼的青年。回想那人坐在咖啡厅和他目光交错时略显拘谨和愧疚的眼神，里面似乎饱含羞怯和不安，好像在为偷得了他的女人的欢心而为他致歉。就是他了！他差点喊起来。那个青年穿着一件黑色的 Fred Perry 运动衫，和照片上的人一模一样。

他紧捂滚烫的茶杯，任凭掌心灼痛。他竟然没有丝毫的预警和察觉。想到就在他孤身一人驱车回去的途中，这对狗男女可能就好上了。冷汗嗖嗖就流了下来。

他强忍着妒火，想着怎样收拾这场狗血的残局。还没等他想好对策，顾烨却提前回来了，说路上出了点小事故，车被人撞了，看样子，颇有些沮丧。他说人伤着没有？她说人倒没事，就是车有点小损伤，翼子板撞掉了，肇事车当场逃逸，只好自认倒霉。他察看了一眼车，说没大事，去4S店修一修，人安全回来就好。一番安慰，顾烨听得眼圈泛红。说大使，要是我车祸了，再也回不来，你会想我吗？他假装愕然，说怎么净说傻话，你怎么会有事，搂着她，说不管怎样我都会想你。顾烨的眼泪就扑簌扑簌往下掉，在怀里泣不成声，他说你是不是还有什么事瞒着我？她猛地摇摇头，说我只是害怕，当时路很窄，下面是山崖，要是掉下去，她就没命了。她的瞳孔闪烁着恐惧，看来被惊吓得不轻。他猜不准她说的是真是假，但料定他们这趟旅行肯定并不顺利，否则她也不会这么早就打道回府。

野心时代

四十岁那年，他的事业攀至顶峰。也正是那一年，和身边大多成功人士一样，他也有了外遇，在外面包了一位二十出头的年轻女学生。他替她租了房，买了代步的车，每月按时给足零花钱。有空的时候，他就溜过去，待几个钟头，权当放松、解压。自从事业稳定后，他便让妻子汪灵从公司离了职，当了家庭主妇，承担起照顾女儿的重任。女儿正值叛逆期，一改往常的乖巧伶俐，变得沉默，班主任警告，说女儿有早恋的迹象。他平时工作忙，分不开身，由妻子在家全心照顾女儿。

除了年轻的肉体，他对女学生没有别的渴望。女学生来自小地方，上的一所三本艺术院校，读经济管理专业。他多少了解那所学校的情况，号称“二奶大本营”。里面都是些家境条件好的差等生，考不上本科，宁愿多交几万的学费，好歹也算是上了个本科。女学生家境却颇一般，偏也沾染了爱慕虚荣的毛病，小地方来到大城市，到处花花世界，开了眼界，便急于想撕掉身上的阶级标签。宿舍其他几位家境都比她好，花钱大手大脚，吃的穿的搽的，都是她没见过没用过的，晃得眼花缭乱，她心里便有些自卑,也有些嫉妒。好奇她们怎么每个月都有这么多的零花钱，花钱如流水，几百上千的东西，眼睛都不眨下。后来才晓得，很多有几分姿色又不肯甘于现状的，都和外面的老板有那种关系。这是一条隐秘的地下产业链，有专门的人负责介绍，拉拢客户，吃回扣。她豁然开朗。晓得那几个女孩是怎么回事,便不再艳羡。论姿色，她不比她们差，站在一块儿比一比，还略有胜算。她们凭什么将生活过得这般滋润？有些愤愤不平，心一横，遂也找了人，求介绍老板。

她找他，算是找对人了。第一次，他就送了她一款时髦的翻盖诺基亚手机，一条施华洛世奇水晶项链。周末去逛商城，看中的时髦衣服，直接埋单，根本不问价格。

他计划着，玩两年，想等她毕业，给她点钱或谋个职位，就算打发掉了。然而没料到，这位女孩却是有心人，比她年轻的外表看起来要老练许多。某次做完爱，竟称自己怀孕了，想和他结婚，要他离婚，不答应，就要如何如何，云云。他听了头皮直发麻，当场震怒，想必吸烟的表情吓到了她，哭天喊地，寻死觅活。

他当然是不想离婚的。妻子是他大学同学，感情稳定，两人在一起十几年，几乎没红过脸。当时他一无所有，她都跟着他，一直不离不弃。他以为只是一笔钱的事。女学生却比他想的要复杂些，她想上位。他威逼利诱，企图使她屈服。没想到遇到的是个性子刚烈软硬不吃的二货。某次脑子发热，竟闹到公司来，当时他正在开会，当众撕破了脸皮。

妻子也许是这个世界上最后一个知道真相的人。这是个把尊严看得比生命还重的女人，他试图解释，她冷笑说，史谦，我们经历了这么多，还需要解释吗？求求你，什么都不要讲了。我早就该看透你，也不至于到如今这个地步。

也许早就看出他不愿离婚，想采取拖延战术，索性快刀斩乱麻，第二天就递上了离婚协议。面对史谦惊愕的眼神，她显得异常冷静，说，史谦，我们不要再浪费彼此的时间了，我要过属于自己的生活。上面只字未提财产分割。只要求女儿跟她，回武汉。

他坐在沙发上，抽着闷烟，将脸埋在浓烟里，旁边的妻子进进出出，在利索地收拾行李。衣服、鞋子、化妆品、两只28L的行李箱，装着她在这个家的所有记忆，全部打包带走。他不敢想象少了妻女，家里会是怎样的情景。那是他无法忍受的寂寞和孤独，再多的钱，再多的寻欢作乐也填充不了这份缺失。懊悔、失落、绝望、恼怒彼此交集，让他瞬间失控，他抱头哀号，捶胸顿足，说很多男人外边都有人，如今社会流行这风气，求她给他一个机会，发誓洗心革面，回家好好过日子。汪灵非常冷静。说，史谦，你知道，我这人洁癖，别人用过的东西，即使再好，我也直接扔掉，绝不惋惜。当时铁心跟你，也是看你这人简单、踏实，看着让人放心，后来我才发现，你根本不是这样的人。我不怪你，只怪自己没这个眼力，看不穿，看不透，现在我们各过各的，你在外面爱怎么胡来怎么胡来，我不管，也管不着，我要过自己的生活，你不要阻拦，这样没意思，我的心里已没你了，就当你死了。女人冰冷的眼神像把利刃，瞬时捅了他无数个透明窟窿，他气急败坏，将烟头狠狠揿灭了，火星四溅，朝女人吼道，你走啊，快走！走了再也不要回来！女儿这时从书房出来，捂着耳朵，大声尖叫，爸爸，我恨你！你毁了我！毁了我们这个家！女儿战栗的眸子盛腾着怨怒，大颗大颗的泪珠随之盈眶而出。他痛惜地看着女儿，想再强求也没意义，只好放手。

他将自己关在空荡的家里，整整三天没出门，喝光了家里储藏的所有的酒。他想不通怎么会弄到这地步，他身边但凡事业有点成就的，谁在外面没有一两个相好的？要没有，都不好意思抬头，成了别人眼中的怪人。妻子不是傻子，心里都敞亮，男人有本事，在外能挣着钱，心里还有家，这事大多睁只眼闭只眼，当是默认了。后来他想通了，汪灵还是当年那个汪灵，一点没变，眼里容不下一颗沙子，是他自己变了，整个社会也变了。所以她执意要走。

离婚那年，女儿刚考上高中。大概女学生上家来闹，女儿开的门，两个年轻女孩差点扭打在一起。这事给女儿带来了强烈的刺激，她的中考成绩一落千丈，没考上预想的重点高中。这事让他一直歉疚。他毁了女儿的前途，不可原谅。离婚十年，女儿从没主动给他打过一次电话。他和她的唯一联系，是银行卡。他按期给她们汇款，为了弥补内心的歉疚，给的钱要比约定的都多。她们从没联系过他。仿佛在她们的世界，他早已死了。他打听过汪灵，听说又找了工作，干回了老本行，栖身一家金融机构，新处了个男朋友；女儿十八岁那年，没考上她心仪已久的武大，上了华中师范大学，选了她喜欢的中文系。喜欢读书，加入了学校的文学社，还在校报上发表了几篇豆腐块的小散文。他去学校看过女儿一回，女儿亭亭玉立，已是个模样俊俏的大姑娘，很像当年的汪灵。她领着他在幽静的校园走了一圈，步伐很大，低着头，刻意走在他前头，他问一句，她就回答一句，声音低沉，从不主动说话。他知道女儿心里依然有个疙瘩，不肯原谅他。他问妈妈还好吗，过得怎么样？她停住脚步，屏息凝神打量他一眼，说问这些还有意义吗？像受了伤，快步往前走去。

他自然没让年轻女学生上位，也不想让她生下这个带有原罪的孩子。怀孕四个月时，女学生突然流产。他假惺惺去医院安抚，劝她养好身子，孩子的事以后再从长计议。离开医院，正好礼拜天，路过教堂，看见大门敞开，里面人头攒动。他便进去了。神父正站在台前讲道，长椅上坐着一排排神情肃穆的信徒。那是他第一回进教堂，这样的氛围勾起了他强烈的赎罪心。他坐在长椅上，在一片赞美诗的唱腔声中，也装出一副忏悔的样子，在胸口画了个十字架，祈求上帝宽恕。

上帝会原谅我吗？他望着年过半百穿着整洁的神父想。恐怕连他自己都不信上帝会原谅他。他想起大学时读过的尼采的名言，上帝死了。

他打发了女学生一笔青春损失费，没再让她进过家门。女学生肚里没了货，拿他再没办法，算是稀里糊涂地吃了个哑巴亏，得了个不大不小的教训，想姜还是老的辣。

他再无结婚的打算。离婚后的那些年，过得可谓放浪形骸，为了不给自己添麻烦，连包养情人的念头都绝了。有几年，他痴迷开苞破处。初中生，高中生都有。那是一套更为完整的产业链，分工合作，物色、牵头、招人、攻关、接待，一条龙。有自愿的，也有上当拐骗过来的，一番恫吓和劝慰，总之最后都服了软。他享受雪白的被单染红的过程。时间久了，能一眼辨识出是不是真的处女。用鸽子血来蒙骗的，没一个瞒过他的法眼。有一回，一个和女儿年龄相仿的女生，痛得尖叫，不停叫他爸爸，求他饶了她。他失了兴致，点了烟，盯着女生尚未发育全的私处，看她瑟瑟发抖的样子，说别怕，爸爸在呢。事后，他感到羞愧。真是畜生。怎能干这种事？

正是中国经济蓬勃发展的年月，粗放型的管理模式让他产生金钱的权欲能左右一切的幻觉。那些混乱的年头，他裹挟其中，并没真正反省过。比他过分的人一抓大把。他不过小鱼小虾而已。后来他终于厌倦了这些，对小秧苗儿不再感兴趣，目光转向了北京和东莞。他在北京“天上人间”办了金卡。每次进去，纸醉金迷，奢侈的繁华，让人沉迷。东莞厚街几十家五星级酒店，他轮流都住了个遍。在喜来登酒店，他长期有个专属的 VIP 包间。每回香港、台湾客户来洽谈商务，他就安排去那里，几百位小姐，场面惊人，环肥燕瘦，应有尽有，一条龙下来，没有谈不拢的生意。有次一个疯狂的台湾客户，酒后用台湾腔的普通话说：“给我来一打。”他愣了下，以为是啤酒，领悟过来，打了个榧子，女经理心领神会，马上领了十二位穿着比基尼的妙龄女子，围着大圆床，翘起屁股。他永远忘不了那一幕，十二个丰满结实的臀部像十二瓣白洁光滑的大蒜，将大圆床围成个心形，台湾人躺在中间，眉开眼笑，朝他竖起大拇指。

后来他迷上了其他肤色的人种，对洋妞感兴趣起来，约了些狐朋狗友，专程去越南、印尼、泰国、匈牙利、捷克、罗马尼亚、荷兰、拉斯维加斯猎艳。

他享受地域和语言障碍带来的孤独感。那些操着越南语、捷克语、罗马尼亚语的高级妓女们，在他一掷千金的那刻，脸上都会不约而同浮现谄媚的微笑。他同样报之以微笑，享受着用金钱等价交换带来的尊重感。后来他又沾上了赌瘾。几乎每个月，都要去趟澳门小赌几把。他喜欢玩俄罗斯轮盘和21点，厚厚的筹码，在推出去的刹那，无关输赢，都有种莫名的快意。小赌怡情，起先几年，他的赌运非常好，赢多输少。赢来的钱，大多在酒后挥霍掉。输了钱，他也不心疼，都在可控制的范围。凌晨迈出赌场或夜总会的大门，站在陌生的街道，他偶尔也会想起汪灵，想起作为妻子的汪灵，还有作为同学的汪灵。那时他会感到一阵莫名的虚空和伤感。

流放地

他们是一九八七级一所师范学校中文系的同班同学。

说起来，他还写过诗。几乎都是写给她的。那真是属于文学青年的时代，又穷又浪漫，去电影院看场电影都要精打细算。好在都穷，也不折辱。她家离学校很近，只隔着几条街，上完学就骑着自行车回了家，跟高中生活差不多。某天她在学校的林荫道上骑着飞鸽牌自行车远去的背影给他留下了深刻的印象。后来他就偷偷给她写诗。都是情诗，模仿雪莱、拜伦、普希金和徐志摩等人的诗歌。可以说，他是为了追她才学会写诗的。为了能让自己脱颖而出，他还加入了学生会，当了学生会的副主席。那时他清瘦，比现在要少四十来斤肥肉，又能讲一口标准的普通话，广播稿念得字正腔圆，相比那些南方同学前后鼻音和 n、l 不分，他不出头也难。

他们是第二年恋爱的。那年的春天，他背了帐篷、饼干和水，带她沿着湘江去远足，踏春。两人花了两天时间，从长沙走到湘潭，在湘潭修整一宿，第二天再徒步至株洲。总共行程一百公里。事实上第一天到达湘潭就差点放弃了。她从没走过这么长的路，脚心起了水疱，筋疲力尽，怎么劝也不肯继续了。当天晚上，两人在江边的草地上搭了帐篷，草草地吃了点东西就睡了。她睡帐篷，他在外边铺了张防潮垫，睡在外边。四五点钟左右，两人都被江上的捞沙船汽笛惊醒。正是春光灿烂的四月天，星光闪耀，夜风中拂送来一股股浓郁的油菜花香，夹杂着看麦娘和一年蓬的青草味。他们都没再睡着，将脚泡在江水里，偎依着聊天。聊诗歌，聊理想，聊未来。两人有说不完的话，只觉两颗心靠得越来越近。那是他们第一次接吻，慌张又笨拙，然而余味悠长，让他终生难忘。

夏天尚未到来，学校就放假了。他无心学业，几个朋友相约一起去北京，他便跟着去了。她本也想去，被父母强拉回了家。两人相距两地，每周都通信。短短一个多月，他写了二十来封信。有时一天写两三封。通常刚回复完，新的信便来了。他沉浸在巨大的幸福与不安中。初夏，他极力要求她来北京。她瞒着父母，某个深夜从家里溜走，只带了几件换洗衣服，急忙挤上北上的火车。

他住帐篷，她来后，才去住小旅馆。外面众声喧哗，两人躲在旅社的小房间里，自成小世界。那是他一生最值得留恋的几天。

毕业后，他们的工作分配都不理想，他被分配到一所乡村小学教书，她进了一家雨伞厂当会计。结果出乎意料，又是情理之中。学校很偏僻，得倒三趟车，坐一整天，才到她的宿舍。两人几乎一个月才能见上一面，平时靠写信联系。

这一带都姓罗，小学以前是罗姓家族的老祠堂改建的，坐落在一个小山沟里，孤零零的，四周都没农家。放学铃一响，简陋的教学楼顿时一阵地动山摇，头顶的薄木板上滚雷似的震动。通常等不及老师喊口令，娃娃们就潮水般涌出了教室。乡村的娃娃老实，然而习性野蛮，精灵，贪玩，不像城里的孩子，遵规守纪，热爱学习。他们放学后都有家务农活，放牛、打猪草、烧火、做饭、带弟妹，家长也没把学习太当回事。上课铃一响，二三十个娃娃，可怜巴巴地伸长着脖子望着他，个个都像坐在弹簧上，只等下课铃一响，随时准备弹射出去。

老师们也都是附近的民办教师，放学后都回家务农了，学校顿时冷冷清清，一点响声都没有，听得见远处潺潺的溪水和清脆的鸟鸣。就他一个人住校。他师范学院毕业的，是这所小学有史以来学历最高的一位老师。他上课和别的老师也不一样，不照本宣科，上课不带教材，很少和娃娃们讲课本上的东西。他讲古希腊寓言、《小王子》和苏武牧羊，一口流利的普通话，学生们觉得新鲜、稀罕，都听得入了迷。他生得白净，斯文，一看就像城里人。然而不苟言笑，也很少和其他老师往来，老师们的棋牌局，本地的红白喜事，也概不参与，上完课默默回到宿舍，关紧门，在里头看书，给汪灵写信。那一年，他们频繁通信。每周一封。偶尔晚饭后，沿着小溪散步，走得很远，直到四野被苍茫的暮霭笼罩，才掉头回走，凛冽的山风让他分外寒冷，孤独。

背地里那些老师骂他是“四眼子狗”“不通人情世故”，咒他这辈子也别想回城。学校的生活枯寂无味，每天他都伸长了脖子盼着汪灵的信。她的信是他继续生存下去的信心和勇气。班上的学生大多鲁钝，很难教化，他努力了一阵，也失了耐心。倒是有个叫黄秋的女生，吸引了他的注意。一堂作文课上，他看了她写了自己的弟弟，不觉眼前一亮。她写道：“如果弟弟还活着，他们就不会打骂我……他会叫我姐姐。”结尾的时候，她写道：“我希望弟弟是蓝色的。”

他没想到她会这么写。那天他事前没有表扬，直接拿了这篇文章在课堂上念了。当念到“我希望弟弟是蓝色的”时候，班上哄堂大笑起来。他停顿了会儿，目光往每张生动的脸上逡巡了一遍，严肃地说：“不许笑，黄秋同学这篇作文写得好极了。”孩子们脸上的笑瞬时凝固，目光纷纷投向这个已经面红耳赤的女孩。她将书竖起摊开，将整张脸埋没在书背面。那是一张羞怯的脸，脸颊上飞起两抹淡淡的红晕。

他偶尔能感觉到她投向他的目光，羞涩又炽热。他假装没看见，也没再当众夸过她。他问她平时喜欢读书吗，她说喜欢。他认真看她一眼，点了点头，说：“你有时间，我来教你。”那天起，他开始单独辅导她的作文课，把自己的书借给她回家读。她很聪颖，一点即通，书也看得很快，不懂的地方便来问他，说几句就能领会意思。那是他在这儿为数不多的一点快乐和希冀。

毕业时，谁也没料想，他会被分配到这个穷乡僻壤的乡村小学来教书。得知消息的那天，他去找汪灵，将结果告诉她。

“没有别的办法了吗？”她说。

“该找的法子也找了……”他嗫嚅着说道。

“那怎么办？”她咬着嘴唇，无助地望着他。

他把汪灵搂进怀里，宽慰她：“你等我，最多两年，我想办法调到城里来。”她的肩膀微微颤抖。她想挣扎，他将她搂得更紧，直到回归平静。

他每次进城看汪灵，都有些变化。她不再是那个梳着两条辫子像个小孩子的汪灵。每一次见面，身上都有些陌生的气息。她烫了发，涂着口红，还修了眉，穿红色高跟鞋，听谭咏麟的歌。他还是两年前的那个他，白净，清瘦。他生日那天，她送了身西服给他。“现在流行穿这个了。”她让他当面换上。穿上新西装的史谦瞬间像换了个人。她上下赏析了一番，突然紧紧抱着他，伏在他肩上啜泣，说，大使，快点回来吧，我快坚持不住了。

从省城回来的路上，他坐在颠簸的长途汽车上，头回涌出喝酒抽烟的念头。离乡村小学越近，那种念头就越强烈。曾经陌生的风景，在眼前变得熟悉起来，这种熟悉并将永久持续下去，直到他闭着眼也能数得出这儿哪处有几棵树，哪处有几户人家。想起这些，他的眼泪抑制不住地滚落。

一九九二年暑期，他躺在简易的乡村教师宿舍里，用收音机收听了在西班牙巴塞罗那举行的第二十五届奥运会。中国体育代表团一共收获了十六枚金牌、二十二枚银牌、十六枚铜牌。他记着这些数字，没振奋，也没感到低落，他觉得外边的世界和自己再无关联。唯一和他有关联的，是汪灵和黄秋。

几天前，黄秋在作文簿上写道："老师，他们背后议论你，可我心里，你是世上最好的男人。"他的头嗡的炸了一下，像树枝断裂的声音，传递全身。那天，他在课堂上罕见地走了神。那个穿着蔚蓝色的确良衬衫的女孩，两条乌黑的辫子撇在身前，将清澈的目光伸向讲台。他有些恍惚，没敢再往她身上多看一眼。他在她的作文簿上写着：大人的事，小孩不许胡思乱想。

她的作文越写越好，人也越来越安静。有回下完课，教室的人都走净，她怯生生地在他身后问了句："老师，我能问你个问题吗？"

他说："你讲。"

"你为啥来这里？"

史谦愣了下，不知该如何回复好，只淡淡地说：“等你长大后就会明白了。”

“那你会离开这儿吗？”

史谦深深地看了她一眼，没再回复，转身走了。

没多久，她就休学了，听说得了脑膜炎。那段时间，这带脑膜炎肆虐，已有好几个孩子得了这病夭折了。得知消息那天，他心里莫名地不安，决定周末抽空去她家走访一下。刚踏入黄秋家，他就看见了院墙角里的那堆泡桐花花骸。白色的花朵在薄暮中熠熠生光。那一刻，他感到内心有什么东西在流淌。她父亲是个木匠，替他赶走狗，递上烟，简单寒暄了几句。他问了问黄秋的情况，木匠眼里的光抖了抖，余光瞥向堂屋的一角。他看到堂屋里摆着一具简易的白色小棺木。尚未上漆。这边规矩，给夭折的不需上漆。史谦走近看了眼，心里凛然一震。小棺木里摆放着黄秋的课本、文具和她的衣裳。“还有别的办法吗？”他心有不甘地问了一句。“史老师，我连买种子的钱都给她治病了。我没什么亏欠她的了。”木匠受了伤一样，发出剧烈的咳嗽声。

从黄秋家出来，每一步都走得很艰辛。连日的雨把路面浸泡得发软，泥淖没入脚面，不时发出猪啃食时的声响。暮色越来越黏稠了，天际线和平原浓墨重彩地融合在了一起。一路上，他都处在恍惚中。他想起黄秋疲惫的眼睛，带着死亡降临时飘雪般的寂静。他不忍心多看，有什么东西悄然浸润了他全身。她似乎想和他说些什么，但已经没了力气。史谦感到一件珍贵的东西在心里打碎了。临走前，他握了握她的手，她的手很凉，像摸一件瓷器。他想说声保重。声音却卡在喉咙里，怎么也发不出来。

他没有再在乡村小学多待一天。那年暑期，他递交了辞呈，决定外出闯荡一番，开始过一种陌生而崭新的生活。

他回了省城，紧接着去了海南，投奔在海南搞房地产的同学，一九九三年，他正好赶上海南房地产崩盘，全省六百多栋烂尾楼，银行一堆烂账，财政濒临崩溃。同学直接从二十楼一跃而下，在他脑海留下永远无法抹去的一幕。后来他辗转到了东莞，进了一个外资电子厂，算是找到了一个落脚之地。东莞，是他人生的低谷，也是他的发迹之地。

鹦鹉

早晨八点钟左右，警察找到了失事的车辆。林间雨雾氤氲，灌丛枝头蓄满沉重的雨滴，人稍微活动，便沾一身的雨水。气温持续走低，天气预报说未来两天都是雨雪天气。衣服湿透的年轻警察们缩着脖子从树林钻出来，夹烟的手冻得紫红，呵出的白气迅速融入雨雾中。几分钟后，有人从后备箱找到了一个女人和一只鹦鹉。鹦鹉毛发无损，被女人紧紧抱在怀里，也许是受到惊吓，见到生人时，发出一声凄厉的叫声。警察拍了拍女人，毫无反应，剩一丝柔弱的鼻息。出于同情或者职业敏感，年轻的警察回城时，决定将鹦鹉也一并带上。

女人躺在医院的ICU室，和死神搏斗了一天一夜。其间曾短暂苏醒过，又陷入漫长的深度昏迷。医生们表示已回天无力，能捡回一条命已算万分庆幸，毕竟她受伤的部位，是大脑神经最为敏感的地带。她戴着呼吸机，身上插满了管子，静静地躺在病床上，陷入类似植物人的状态。

女人的家离这儿不太远，中午的时候，父母都来了，在重症监护室门外呼天抢地，喊着女人的名字。小鹿呀，你醒醒啊！爸妈来看你了！闻者恻然。父母显然没法接受女儿突然成为植物人的事实。

医生看着年迈的夫妇，安抚说，病人随时有苏醒的可能，要相信医学。他忍住下半句没讲，这种可能性微乎其微，除非发生奇迹。也许她有生之年都要与床为伴了。

警察从车里提炼了指纹、血迹、烟蒂和一些毛发。又调了沿途的监控。一个戴着鸭舌帽的男子驾的车，从湛江上的高速。案情并不复杂，可归类为绑架案件。

先说那只非洲灰鹦鹉。警察问女人的父母，是不是她养的宠物。女人的父母表示毫不知情，说从没听她养过鹦鹉，她倒是曾养过一只龙猫。女人自己不开口，鹦鹉便没法确定主人，只好暂时寄居在警局。鹦鹉很乖巧，不叫不闹，一位年轻警察负责喂它，每天喂水喂食。几天下来，他渐渐和鹦鹉熟悉起来，没事就逗它玩。教导员见他喜欢，说你干脆带回家养得了。年轻警察便欢天喜地领了回去。刚领回第一天，就出了怪事。夜里刚入睡，客厅就传来女人凄厉的救命声。他慌忙起身查看，发现是鹦鹉在叫：

“小鹿！小鹿！”

大年三十那天，警察来到洞庭湖区一个叫雷击阅的小村庄，去了小耿的家。守株待兔，赌他会回家过年。那是一座破败的小院，冷冷清清，地上一片泥泞，充斥着一股鸡鸭粪便的气味。一只拴在橘树下的老黑狗，激烈地朝陌生人吠叫着。堂屋堆着农具，风车、禾桶、谷围，没有一个落脚的地方。厢房当成客厅，光线昏暗，中间摆着一只火盆，母女俩坐在破旧的椅子上烤火，一脸木然。一台受潮的32英寸旧彩电正在播放新闻，大概也是家里最值钱的东西。大年三十，别的家庭早已备好年货，热热闹闹的，充满生气，唯独这家春联没贴，鞭炮没响，年货没办。一点年味都没有。这幅寒碜景象超乎警察们的想象。

嫌疑人的父亲躺在床上，卧病不起，是名尿毒症患者。警察们说明来意，他挣扎着下了床，拄着拐杖，走到堂屋，指着满墙的奖状说，这些奖状，都是我儿子得的，从他上学起，每学期都要拿回一张，没掉过班上前三名……警察同志，我懂我儿子，他不可能干出这种事。他内向，胆小，从不惹是生非，懂事早，他怎么敢干这种伤天害理的事，抓到是要坐牢的，我担心他被人诬陷了，他年纪小，又没社会经验，要不是我生病，他不可能这么早进社会，都考上大学了。都是我害了他啊。说到后来，老泪纵横，就要给警察磕头了。他们连忙把他扶起来，一顿安抚，说我们查过，孩子还小，也没案底，我们不会冤枉一个好人，也不会放过一个坏人，这事是不是他干的，配合我们调查一下就知道了。

警察在村里蹲守两天，小耿既没回家，也没给家人打过电话，像从人间消失了。

受害者家属那边一直催促早点破案。然而警察们并没有得到什么有价值的线索，他不用智能手机，也不上网，更不住旅馆。他们一度猜测他租了房子，找到了落脚点，或者藏匿在某处寺院，甚至偷渡出境了。直到后来在长沙发现了他的蛛丝马迹，猜测他可能进了工地。工地上很少有人查身份证，有活干，有地方住，还能挣到钱，便猜他很可能藏在某个工地上。

相亲

张舸也曾幻想过和图们一块儿生活。下班逛菜场，周末看话剧，跑步，晚上窝在家看碟，小猫小狗绕膝，日子温馨而美好。偶尔她会梦到图们。醒来面对独自一人的房间，心中酸楚，莫名感伤。

图们回去没多久，父亲就去世了。他参加了当年的公务员考试，竟顺利考上了城建局的编制，工作稳定，旱涝保收，以他的性格，自然不愿挪动了。起先他们每周还保持联系，聊各自的工作，天气，新学会的手工艺品。各种鸡毛蒜皮的小事都拿来分享。后来各自工作都忙起来，便顾不上了。他的工作并不轻松，每天都有开不完的会，写不完的材料和总结。他虽欣赏不了高雅的昆曲和话剧，写材料却是一把好手，文笔流畅，条理清晰，观点独到，很得领导欢心。单位不缺人才，但缺好的笔杆子。他也认定这是条路子，便闭口不谈回北京的事。他们的联系日渐疏远，她也感觉到了被时间侵袭的无力感，有时一个月都难得通上一回电话，断绝往来是迟早的事。

实话讲，图们真那么重要吗？当理性战胜感性时，她会生出这样的疑惑。比图们优秀的人，在北京一抓一大把。他们很多都有显赫的学历背景，不俗的谈吐，挑剔的审美，坚定要在这座城市立足的信心……她觉得自己理应和这样的男人交往。然而人在哪里，她不知道。她厌憎自己，即将奔三的人，依然向往着童话中的爱情。归根结底，她的犹豫源自她的完美主义。她是个追求完美的人。假使当时果断点，不那么优柔寡断，攒点劲，在通州弄个五六十平方米的小房子，并不是不可能。那时通州的房价拿现在比，塞牙缝都不够。她为错过那波买房的机会深深懊悔。

身边经常有喜欢给人张罗对象的同事。大多是些生活稳定、衣食无忧的大姐，觉得身边还单着个姑娘，不像回事，给她介绍男朋友是责任和义务。开始张舸是犹豫的，退缩的，甚至抗拒的。她的爱情怎能由这些毫不相关的人来左右？她们整天除了谈论楼市股市、家长里短、花边新闻，还懂什么？想起今后自己也要加入这群庸俗的队伍，成为她们中的一员，她就感到沮丧。

她们给她介绍过几个对象。有公务员、国企员工、教师，像是要证实自己的品位，她几乎恶作剧般拒掉了。归根结底，她讨厌这种相识的方式。每次相亲结束，她都长舒口气，如释重负。她怀念租房附近的麻辣烫，回家的路上，点份麻辣烫，再加一听冰镇啤酒，戴上耳塞，听一首畅快惬意的歌，再心满意足地沿着幽静的小马路慢慢散步回家。路灯映照下的黄槐魅影重重，地上铺满粉黄的槐花，夜风拂过她的长发，她的坎肩，她的裙，吹散一地槐花。她觉得生活并没想象的沉重和复杂，甚至还有一番诗意，如此下去，很好。那年她二十六岁，花一样的年华。

你到底想找什么样的？她们说。有感觉的就行。有感觉的……呃！她们意味深长地望她一眼，说感觉这个东西可说不好。慢慢地，给她介绍对象的热情就减退了，背地里开始有了议论她的声音，吹到她耳里，她是个爱挑肥拣瘦的，低的看不上，高的攀不起，她不单谁单？连看她的眼神都有了变化。她反而有种解脱感。她晓得，她们都等着看她的好戏。好在是在北京，像她这么大年龄的单身男女伸手一抓一大把。她喜欢北京，也正因为它具有强大的包容心和兼容性。各种奇葩的超现实主义者，在这里都能找到合适的位置，不会当成笑话，也不会显得突兀。她喜欢这种感觉。

压力来源于家里。如此晃荡两年，到了二十八岁那年，她不着急，家里却着急起来，每次和父母电话，三言两语，就要聊到婚姻，最后弄得不欢而散。母亲爱唠叨，爱将同事的孩子和她对比。和她同龄的谁谁，去年结婚了，谁生了儿子，谁已经准备二胎了……她将手机从耳边挪开，不想听母亲的声音。母亲旁敲侧击，迂回包围，这一套她早摸透了。要早两年，母亲啰唆，她早就挂电话了。她理解父母的心情，小城熟人多，家长里短，针眼大的事，街坊邻居都清白得很。毕竟到了二十七八岁，还没处对象，父母需要给外面一个交代。她当然更欠父母一个交代。

她越来越怕回家过年，每年回家，都要面临家人亲戚的轮番催逼，还有街坊邻居们看似善意的打探。结婚，成了她挥之不去的梦魇。到了这个年龄还不结婚，连父母单位传达室的阿姨都有理由来关心她。仿佛不结婚是犯罪，是政治不正确。背后议论纷纷。她能理解父母的苦衷。她倒不是没想过早点结婚。她也渴望一个温暖的家，渴求男人的慰藉，渴望爱情。

她不是没遇到过有感觉的，至少王竟先算一个。

有段时间，她加入了一个大型的QQ相亲群，里面有四五百号大龄剩男剩女，周末几乎都有定期小范围的聚会。

他们是在单身聚会上认识的。他自称是名军官，在广州军区某部队服役，河北保定人，上尉军衔。那晚他着军装，坐在一堆人里，英气逼人，怎么瞧都觉得顺眼。她从小就喜欢军人，觉得一身熨帖的军装上身，人顿时就精神了。她也喜欢军人的安全感。这和警察不同。警察虽然也有制服，但警察主要是和一些流氓混混打交道，没有军人为国捐躯的神圣感。

单身聚会上组织了些小游戏，两个人一组，分工合作。他俩分在一组，模仿了一段赵本山和宋丹丹的小品，他不是东北人，但模仿的东北口音令人忍俊不禁，笑翻很多人。那次活动后，他们各自留了联系方式，开始了交往。他说部队在广州，但在北京驻有办事处，经常过来出差。部队上的事，她懂的不多，有些涉及保密，他也不愿多谈。他给她看过军官证，有钢印，和照片一模一样。

怎么看，王竟先都无可挑剔。人长得精神，也爱整洁，年龄和她相仿，身份也体面，父母都是教师，各方面条件都很符合她的要求。这算得上是她最为看重和投入的一段感情。每隔一两周，他们会见上一次。约会的地点大多在中关村附近。通常他带她去金逸影城看完电影，然后逛逛欧美汇和新中关，最后去吃麻辣小龙虾。每次见面，他都给她带点小礼品，口红、水晶饰品、陶瓷娃娃，偶尔一束花。并不贵，但很暖心。看上去，他是个懂得浪漫又体贴人的好男人。他也很会哄人，不顺心的时候，他三言两语就让她眉开眼笑。

她憧憬着未来和他去很多的地方，走很远的路，经历很多的事。多年后，依然相看两不厌，珍惜彼此。那段时间，两人的关系进速飞快，快得让她有些忐忑和犹豫。她跟他去酒店时，才第二次见面。吃完饭，他说胃有些不适，能不能照顾他。她心里觉得欠妥，还是跟他回了酒店。她内心期待他不会像别的男人那样。两人坐下来，聊会儿天，她准备起身离开时，她的期待落空了。他拉住了她的手。他的手很大，有劲，她差点被拽了个趔趄。和别的男人相比，他甚至更粗粝。她退却，说太快了，这样不妥。不快，我爱你。他将头埋在她胸前，吻她。她闻到一股男士古龙水的香味，暗忖军官也洒香水？其时身体已左右灵魂，她乱了方阵，慌乱中她想爬起来，被他一把按倒。她像被撕裂开来，痛感传遍全身。她有些恐惧、羞怒，直觉告诉她，他们走在一条不正确的道路上。

事后，他为刚才的冲动进行了道歉，目光又恢复以前的温和，像换了个人。她心里到底有些不快。毕竟这么快就发生关系，不是她愿意的。他们远没到那一步。她丢失了女人最后一块阵地。怎能如此草率就将自己交付出去呢？她讨厌裸体的自己，在还没成为他的妻子前，作为女人应有的含蓄和矜持，在他面前被剥得精光。他大概认为她也得到了快乐，道完歉后，负疚感很快从他脸上散尽了，连说了几个笑话，试图逗她开心。

从此每回见面，这样的情景都会重演一次。短暂的欢愉让她嗅到了一丝不安。她看不清眼前的男人到底想念她什么。他显然也察觉了，向她承诺，等他一年后服役期满，就转业结婚。回保定，或来北京，只要她愿意上哪儿，他便跟着上哪儿。你会等我吗？他望着她，目光清澈，真诚，笃定。你说呢！傻瓜。她笑了笑，突然有些忸怩起来。对于一年后的婚礼，她充满了期待。她希望穿上洁白的婚纱，拍一套海边的婚纱照。北戴河、青岛、三亚都可以。他毫不犹豫地答应了，用力捏了捏她的手，说等他有了假期就去。

这个假期来得有些遥遥无期。她问什么时候有空，他总说快了，让她等着。他是军人，很多时候联系不上他。他说部队有规定，涉及保密，如果联系不上他，一定是有任务在身。她看过他的军官证的，对他说的部队的一些规章制度深信不疑。她想他的时候，便给他写很长的邮件，然后发给他。冬天的时候，她特意去广州看他。他在省军区旁边的一家酒楼订了个包厢，陪他一起给她接风的，都穿着军装，他说都是他的领导和同事。席间聊的也都是和军区工作有关的事情。几天后，他说请到假了，他们去了三亚，拍了一套婚纱照。她回北京不久，某天下午收到他的电话，说再过几个月就面临转业，想去好点的地方单位，得向领导意思意思。她当然理解。他说了遇到点困难，还缺点钱。她问缺多少？缺五六万。他的语气有些犹豫、迟疑，甚至羞涩，她把这些看成是男人可贵的品质。她从银行卡转了五万给他。他收到后发了一条短信过来，谢谢你，亲爱的！能在关键时刻帮他一把，她觉得这五万花得值。她也没要他写个欠条什么的。

一旦开了口，接下来也就顺理成章。他总是有这样那样的理由和借口，而且都是和他俩未来的人生绑定在一起，比方调动工作，买房，等等。这些钱都是她在北京几年辛苦积攒下来的钱。她迷失在他制造的甜蜜里，失去了基本的判断力。在第四次给他打完钱后，她心里生出疑窦，正好那几天在媒体上看到一位知名女主播被假冒军人骗婚的新闻，她顿时便警觉起来，将这事告诉了朋友。朋友委托广州军区的朋友打听，发现部队番号和他描述的不一致，自然也没他这一号人物。

她才恍然大悟，一切都是骗子精心策划和导演的。悲从中来，郁愤交集，手脚冰凉，气得差点晕过去。乍然觉得天色一下暗沉下来。朋友建议，别急着揭穿，先报警，设计引他露面，然后再从长计议。她到底控制不住悲愤，喝了酒后，疯狂给他拨打电话，一连打了好几十个，他终于接了，电话里听见她号啕大哭的声音，哭得肝胆寸断，他从没见过如此用情的女子，好像她心疼的不只是那二十万块钱，而是被他玷污的灵魂。他早就做好事情败露的准备，在他周旋的众多女子之中，她不过是其中用情更深的一个而已。每次事情有了破绽，他几乎都会接到这种气急败坏或者伤心欲绝的电话。相比后者，他更愿意对方将他痛骂一顿，毕竟爱的伤害力比恨更深。

她再没打通过他的电话。那个号码很快成了空号。她甚至不知道他到底叫什么名字。可想而知，这个世上只有她知道他曾叫过王竟先这个名字。那二十万，是她几年下来的大部分积蓄。她不仅仅心疼这笔钱，更心痛的是付出的时间和情感。这个骗子耗掉了她最后一丝对爱的热情，从此她再不相信爱情，也失去了爱的能力。

她没敢将这事告诉父母。她本想年底就带他回家见父母，给他们一个大大的惊喜，然后把婚订了。她撕了花一万多精心拍摄的结婚照，将自己关在房间，拉上窗帘，埋头大哭。她从未经历过如此沉重的打击，如一击重锤，无情地砸在身上，肝胆欲裂。后来她哭都哭不出来，仿佛所有眼泪都流完了。

一切清零，她又回到了一个人的世界。

有一段时间，她报复似的陷入疯狂之中。在微信、陌陌上添加附近男性用户，像一匹发情的母马，驰骋于一个又一个男人。短暂的欢愉，忘情地索取，天亮后，删掉号码，再不见面。

她开始经常失眠，或做噩梦，怀疑眼前的一切，甚至出现了幻觉幻听。她多希望这只是个误会。他不是骗子。天一亮，他就会站在清晨的门口，敲响她的房门，手里捧着鲜花，朝她微微颔首。

盐井

顾烨和史谦是在盐井旅行时相识的。那是个滇藏线上不广为人知的小地方，进藏的门户，紧挨澜沧江。那时她刚结束一段失败的恋情，一个人去云南散心，在梅里雪山，偶然从驴友口中得知盐井，世代产盐，觉得有趣，距离也不远，于是便去了。

正赶上八月的雨季，赭红色的澜沧江从高大的峡谷中奔涌而下，激流飞溅，浊浪滔天，声震数里。沿岸地势险峻，层峦叠嶂，平缓地带散落着红白相间的藏式民居，周围种植着大片长势茂盛的青稞和向日葵，洁白的转经塔点缀其间。一幅风光绝佳的风景画。这里自古产盐，古时是吐蕃通往南诏的要冲，也是滇茶运往西藏的必经之路。如今虽然看不见茶马古道的盐贩子，但这里依然沿袭了古老而原始的手工晒盐方式，人们从江边的盐卤水井中背回卤水，倒入自家卤池，等蒸发浓缩，再转至盐田结晶成盐。两岸全是成片的梯形盐田，西岸产红盐，东岸产白盐。放眼望去，波光粼粼，结晶的粗盐白如冰雹，盐房下倒垂着钟乳似的晶体，让她大开了眼界。

她住在叫扎西的藏民家。村里几无游客,江边有棵古核桃树，树荫逾亩，树下有牛，有狗，有摇着转经轮闲逛的藏族老人，目光慈祥，好奇地打量她。她白天去盐田，看村民晒盐，写生。小孩们饶有兴趣地看她对着盐田素描，指指点点，每个小脸蛋都被强烈的阳光涂抹出两片鲜红。她努力适应着糌粑和牦牛肉、加加面的味道，适应着孤独。夜晚迟迟降临，待清瘦的弯月懒洋洋地斜挂对岸坚韧的悬崖上，她才感觉心底腾升出的荒凉。面对浩瀚的银河，默默垂泪。在这个远离喧嚣的扰攘的陌生之地，没人知道她的秘密，没人懂得她的烦忧。

离开盐井的最后一天，她想起来附近有个天主教堂，据说已有一百多年历史，就在对岸的214国道旁边，她起了好奇心，对藏区竟有天主教堂感到惊讶。

那天正好礼拜天，她尾随去做弥撒的教徒，抄了一条通往教堂的捷径，约莫半个钟头就到了。教堂是“文革”中被毁后重建的，里面聚集着百来位信徒，看样子都是附近的藏民，虔诚地坐在长椅上，听一位藏族神父在祭台前讲道。藏民祷告的时候，人群中不时有人发出低声的啜泣。她是虔诚的天主教徒，去过很多教堂，或金碧辉煌，或气势恢宏，或历史悠久，唯独在这座简陋的教堂，面对一群衣着寒碜蓬头垢脸的藏民，面对他们虔诚的目光，她的心莫名地被烫着了。

她翻开长椅上的《圣经》，随手看到《箴言》里的一段话，耶和华所恨恶的有六样，连他心所憎恶的共有七样：高傲的眼、撒谎的舌、流无辜人血的手、图谋恶计的心、飞跑行恶的脚、吐谎言的假见证、并弟兄中布散纷争的人。她久久沉思着这段话，如入魔怔，神情恻然。想起刚结束的恋情。想起那个安于清贫的青年画家。想起和青年画家相恋期间的点点滴滴。她深爱着他，倾慕他的才华，又畏惧着他的暴戾。像爱上了一个刺猬，小心翼翼，想给他女人的温暖，又忌惮他身上的刺。在酒后，他对她说过很多刻薄甚至讥讽的话。埋怨她耽误了他。和她在一起，他什么也画不出来，灵感全无。除了做爱，他对女人的温柔乡始终保持着恐惧和怀疑，认为那是摧毁艺术生命力的始作俑者。他谈过很多女人，都很短暂，时间一长，他就心生厌倦，逃之夭夭，生怕陷入温柔的沼泽。女人让他失去对痛苦和孤独的体验。他将孤独和痛苦视为艺术灵感的缪斯。说到底，他并没真正爱过那些女人，他爱的不过是她们的肉身。他热衷在形形色色的女人身上获得陌生的刺激，然后再置身茫茫孤独中，在黑暗中泅渡虚无。有天深夜，在他画室里堵到他和别的女人裸体相拥后，她将自己反锁在房间，吞下大把安眠药，昏睡两天，醒来阳光妩媚如初，插的百合已经盛开，浓香四溢。她撕心裂肺地哭了一场，宣告一切破碎，一切成灰。

她决然和青年画家分了手。尽管青年画家表示洗心革面，要好好爱她，和她结婚。她知道对一个人的信任如同贞操，一生只能一次，失去便无法弥合。她只身一人悄然来了边陲，在广西云南游荡了一个多月，无怨无恨，如获新生，以为将青年画家从心中彻底抹去了。直到来教堂，她却比任何时候都恨青年画家。恨他的自私自负和冷酷无情。恨他摧毁了她的生活，摧毁了她对爱的信任。对他爱的消退,意味着恨的增长。她永远都不想原谅他。在无尽的憎恨中，她摸着胸前的十字架，诅咒青年画家。诅咒他永生都不配拥有真爱。诅咒他孤独终生。到后来，她泪流满面，在教堂失声痛哭起来，想主为什么要将这些施加在她身上。她失去了主的怜爱。她觉得这一切都是不公平的。她在替青年画家接受惩罚，那人却浑然不觉，也感受不到她的痛苦和怨怒。

他穿着暗红色的冲锋衣，挨她坐下。他们是里面仅有的两个汉人。大概是她刚才的举止吸引了他。他默默递来一张餐巾纸，目光落在她的书上。她抽噎着道了声谢。

哭啥呢？有心事啊？他装作毫不在意的样子问道。

她擦了擦鼻子，难为情地望了他一眼。

仿佛宿命的安排，要让她在这样难堪的处境里和他相遇。弥撒礼毕，接近中午，信徒们去领取免费的圣餐，他说领她去教堂周围转转。他只字未提她刚才失控的事，也没问她为何来教堂。她感到了他的善意。他给她讲盐井这带的风土人情和这座教堂的历史。俨然一副当地人的口吻。教堂为一八六五年所建，来过十七位外籍神父，其中有一半因为宗教冲突，死在这里。他对盐井的一切都如数家珍。她好奇说他怎么这么熟悉？他笑了，说这儿已经是他第六次来了，这两年还资助了几个藏族小学生，趁他们暑假的时候，便顺路过来看一眼，给他们带些学习和生活用品。

村里的人都认得他，尤其是孩子们，见到他纷纷簇拥过来，欢呼雀跃，大声叫他大使叔叔。他厚实的大手依次从孩子们的头上抚摸过去。一个个得到宠爱而红扑扑的脸蛋，有点鲜艳有点脏，目光纯真而羞涩，像见到父亲。这一幕给她留下深刻的印象，一颗心像浮标一样，猛地往下沉了沉。

她怀念七年前的初识。那种感觉，像擦得澄明光洁的空酒杯充盈了陈年的佳酿。在她情绪最糟糕最需要人安慰的时候，他出现在她面前。用他的幽默、睿智、大方，抚慰了她受创的心灵。他举止得体，为人体贴，眼神透着一股中年男人见多识广后的坚毅和沧桑。比起青年画家的才华，她更信赖这种沧桑。她发现自己需要的不过是一个有安全感的归宿，而不仅仅是灵魂。

他开的是一辆改装过的牧马人，从新疆过来，风尘仆仆，在这里短暂休整后，准备回广东，和她正好顺路。一路上，他讲了很多的藏区故事。个个精彩绝伦。他说川西歌乐沱一带，民风彪悍，睚眦必报，经常出人命，即使凶手坐牢，赔钱，请活佛调解，依然无效。他们用哈达把钱包扎好，悬挂房梁上，一分不花，发誓要凶手家族也赔上一条人命，再把钱加倍还回去；他说无人区的藏野驴，个头大，性格倔，认死理，但凡有汽车路过，它必撒起蹄子，和汽车赛跑，还非得跑前头不可。要遇到坏心眼人，故意逗它，几十里下来，能把藏野驴活活累死。藏野驴身上没枪眼，没外伤，说捡来的，检查站的人拿他们也无可奈何；他说露营的故事，年轻时住不起旅馆，一个人在野地里搭帐篷，晚上被狼围困，狼的利爪划着帐篷吱吱响，他手里只有一支手电筒。急中生智，想到随身带的小收音机，便打开频道，嘈杂尖锐的电波让狼感到蛊惑，最终吓退了它们；他说藏野牦牛记仇，有猎人打死了一头幼年小野牦牛，野牦牛悲嚎了一夜。猎人想射杀野牦牛，还没来得及开枪，便被气冲冲的野牦牛顶翻。野牦牛犄角朝天，顶着猎人的尸体，一天都没动过，谁都不敢靠前；他说每次过通麦天险，都要出身冷汗。有次亲眼看到前面一辆吉普车翻入深渊，掉进汹涌澎湃的雅鲁藏布江，眨眼的工夫，车子就被浑浊的激流吞没了，连残骸都找不到；他说那曲有个县产虫草，个头大，品种好，产量还比其他地方都高，很多挖虫草和搞收购的都发了大财，百八十万的丰田陆地巡洋舰、路虎随处可见。巨大利益面前，让人双眼发红，每年都会为虫草而发生几起大型械斗，死伤几个人，不在话下。一路下来，她听得睡意全无，痴迷于史谦给她营造的迷幻世界，觉得那才是她真正向往的生活。回广东没多久，他们便结了婚。

她全然没想到，旅途是迷幻剂，是生活的假象。她迷失在旅途中，以为生活就是如此这般。以至于在和他共同生活的七年中，她始终无法真实地抵达生活的彼岸。横亘他们之间的是二十岁的差距，是她无法跨越的鸿沟。她试图挣扎，抵抗，逃离，然而时间之纱将她紧紧缠裹，让她感到窒息。

游行

“门是上午十点多被冲开的。此前，警察站成的人墙已坚守近两个小时，随着一支更大的队伍从五一大道汹涌而来，脆弱的警力很快被狂热的人群淹没，场面彻底失控，平和堂历史上最严重的一次打砸抢事件发生了。”

二〇一二年九月十五日，小耿第一次上新闻。记者抓拍到了他游行的照片，当天的报纸头条，小耿站在被掀翻的汽车上，高高地挥舞着铁棍。这张照片让很多人记住了他。

那天他来长沙刚满一个月。

一个月前，他去过最远的地方还是县城。在他们老家，能挣到钱的地方并不多。捕鱼、捞沙、割芦苇、砌墙，卖力气吃饭，辛苦不说，还挣不了几个钱。大多数人都往南方跑，去广东、浙江沿海地带进厂，年底再候鸟般赶回来。也有往省城长沙去的，那里近，回家也方便些。舅舅在长沙，当水电工。这些年，遍地高楼，每天都有新工地开张，舅舅辗转各处，只要有工地开工，就不愁没活干。

要不是父亲罹患尿毒症，他也许会读个三本院校。家里变故，他便打消了继续上学的念头。高考完，他躺在凉席上，读完了路遥的《平凡的世界》。那本书是他从班上的同学那里借来的，传阅到他手上时已经残缺不堪，没了封面，内页也有脱落。夜里所有人都睡了，他在昏暗的二十五瓦的白炽灯下，在窗外的蛙声中，读书。读完那夜，他失眠了。整宿都没睡着。联想书中的人物和自己，有些悲伤，又有些亢奋。

有天夜里，他睡得很早，院里还有人乘凉，他只穿了条内裤，光着脚，一声不响，就出了院门。外边漆黑，任凭谁也拉不住。第二天母亲讲起昨夜的反常之事，他才晓得梦游了。他的脚心还沾着泥土，母亲所言属实。他心里有些烦闷，像淤塞了什么东西，弄得情绪低落。梦中，他见黑暗中有一束光，如得启示或召唤，冥冥中只身往外走去，如入无物之地。

暑假还没过完，某天吃晚饭的时候，他装作漫不经心的样子，说想去长沙看看舅舅，顺便找点事做。说这些时，父亲正躺在堂屋左侧的厢房。他听见里边传来的咳嗽声和用力拍打床沿的响声。这更坚实了他的决心。他破例要了杯烧酒喝，几口下去，脸就通红，自觉已经长大成人，举手投足间，带有一股成熟男子的味道。饭后他坐在院里纳凉，夕阳一点点地沉落，远方的山脉在八月金黄的余晖中显得更加雄浑邈远。厨房传来母亲收拾碗筷的声音，饥肠辘辘的猪在圈里叫唤，院角的苦楝树上蝉声暴雨如注。他若有所思地望着远方，想着什么。

他是八月初到的长沙。正是酷暑，每天烈日当空，炙烤万物，天热得连狗都喘不过气来。起先他跟着舅舅，在工地打打下手，做些电线埋管，预留下水管、地漏、马桶孔之类的粗活。相比起砌墙的泥水工，算是比较轻松的技术活。不累人，但很晒，每天顶着烈日，汗流浃背地穿梭于工地的每个角落。没过一个星期，以前还算白皙的他晒得脱了皮，黑瘦了一圈，起了一身痱子。每天吃住都在工地。工头专门雇了女人做饭。住的地方是活动板房，铁架床，上下两层。他睡上头，舅舅睡下头。工友都起得早，六点不到，工地各个角落就开始响起来。夏日天亮得早，那些做包工的，都想趁太阳还没起劲前多干会儿。苦了他们这些做点工的，天没亮就被他们闹醒。胡乱吃个馒头喝碗稀粥就上了工地。舅舅有身工作服，是一套褪色得快看不出颜色的迷彩服。很少见他洗，每天上班就套上，隔老远都能闻到一股汗馊味。舅舅叮嘱他戴安全帽。忘戴的被查到，每次罚五十元。上午的时间长，干到十一点半左右，开始叫吃饭。一个中年妇女提了一只作废的铁锅，用木棍咣当咣当敲两下，尖着嗓子喊，呷饭啦……便陆续有工友从脚手架上下来，摘下汗淋淋的安全帽，边抽烟边往食堂走去。各自都备有碗筷。都是那种大号的暗黄色搪瓷碗，里面盛着冒尖的饭菜，蹲在阴凉处，只听得见筷子扒动和咕噜噜的吞咽食物的声音。无非是些尖椒炒肉、红苋菜、紫菜蛋汤。一筷子下去，难得见几块碎肉。想吃好点的，得自己掏钱，去附近的小餐厅吃点菜。工人劳动强度大，虽然粗茶淡饭，都吃得香。狼吞虎咽，大口地扒饭，喉结涌动，稍微一嚼，就下去了。

小耿一点食欲都没有。天气溽热，又太累，他什么也吃不下。宿舍没有空调，蚊虫肆虐，滚烫的凉席，翻身就是个水印。两个星期下来，晒得黑不溜秋的，露出条条肋骨。之前他还未曾尝过这样的苦。两个月前，他还坐在教室里，每天只需埋头读书，在考卷上写上标准答案。现在握笔的手早已磨出了厚厚的一层老茧，他的脸上早已看不出学生的模样，和工地的其他年轻民工没有丝毫区别。

他想到以后漫长的人生，每天都要过这样残酷的生活，便心生绝望。某天夜里，工友们都睡后，他胡思乱想，差点哭出声来。第二天，舅舅问他能不能坚持，他咬咬牙，说没问题，当什么事没有发生过。

工地旁边有所大学，每天下完班，他先去露天水龙头下冲个凉，套上干净衣服，便去校园走走。暑期人少，夜晚的校园清静而空旷，里面草木葳蕤，环境清幽，相比工地的嘈杂，是块消暑的宝地。他沿着林荫小道走,有时想些心事。担忧父亲的身体，想家，想《平凡的世界》里的孙少平。心绪芜杂，如行走在漆黑的绝路，看不到一丝光亮。父亲的病需要一大笔钱，靠他在工地当水电工，甭说手术费用，连基本的药费都保证不了。他便有些焦躁，一时又想不到来钱更快的路子。

有时他也去开放的教室。里面常有自习的学生，每天都学习到很晚。教室里开了冷气，安静，有学习的氛围，他拿份旧报纸，找个空位，待到十点多关灯才走。周围投注过来好奇目光，他坐在里面，甚是扎眼。他感到局促，又想，要不是家中的变故，他本也可以和他们平起平坐的。如此一想，他便踏实了。

学校门口有家报刊亭，坐着一位五十左右的妇女，终日穿着那种暗色的碎花裙，永远一副刚睡醒的样子，靠在躺椅上看电视。有时他会在那买一瓶冰水，再慢慢踏入校园。有次他递给她一张百元大钞，接过水，转身就走了。直到第二天他才想起，她还没找钱呢。一百元，对他而言，是笔不少的开支。在去报刊亭的路上，他想着该如何设法将钱讨回来。

那个女人仿佛从昨天起就一直没动过，靠着躺椅，目光忠诚地落在角落的那台小电视上。喂，你昨天忘记找钱了！他焦急的语气惊扰到了她，她有些不快地扫了他一眼，目光重又落在电视上。电视里正播放着某部韩剧的高潮部分，漂亮的男女主角紧紧相拥，喜极而泣。女人的注意力完全被韩国人控制了。他只得重鼓起勇气，将刚才的话再说一次。我怎么没印象了？她侧着脸，茫然望着他。昨天我买了一瓶娃哈哈纯净水，给了你一百元，你忘记找我了。因为紧张，他涨红了脸，像在撒谎。她露出迷惑的表情，看不出是真记不清了，还是故意装出来的。我从不会忘记找钱。她说。我没有记错……他紧张地望着她，生怕眨眼她就不承认了，我爸病了……我需要钱……不知为什么，他突然感到鼻子有些酸楚，眼睛泛红，差点要落泪。她说你这孩子哭什么？不就几十块钱嘛。我记起来了，好像是有这么回事，但绝不是你刚才说的，我忘记找钱了，你转身就没人影了，我找钱都来不及呢。她的神情倏忽松弛下来，像看自家孩子似的，笑了笑说，你运气好，要换别人，肯定不会认账了。他赶紧点点头，递上感激的目光。你住这附近吗？他又点点头。以后记得常来我这儿买水。他说好。

找回钱，他并没感到开心，情绪更加低落。他再没见过那个女人，每次进学校，他都要故意绕开报刊亭，避免再碰见那个女人。他觉得欠了她一个天大的人情。他讨厌这种感觉。

九月以来，连续下了一个多星期的雨。下雨天便没法干活，是他们的假日。他们也只有雨天才有时间休息。工友们光了膀子，在宿舍里玩牌，看电视，下棋。他对这些都不感兴趣，躺在床上看完当日的都市时报，突然想起一位在长沙打工的同学，于是与他取得了联系。那天中饭后，他向舅舅要了两百块钱，去找同学玩。

同学在市中心五一大道上的一家冷饮店打工。他搭了公交车，转了两趟，在附近站下了车，沿着繁华的街道溜达。让人目眩的高层建筑和川流不息的车流让他感到卑微。他贪婪地看着这些新奇事物，慢慢朝同学的冷饮店方向走去。他尽量放慢脚步。他最不缺的就是时间。他有大把的时间，要在同学下班前在这座陌生的城市耗掉。从车站北路转到五一大道，建筑更高，车流更密，商场也更气派些。路过平和堂商场时，他忍不住朝里打量了一下。富丽堂皇的装潢和沁人心脾的冷气一下把他吸了进去。他装作购物的样子，一层层地逛着。每件商品的标价都像是故意羞辱他。他拽着两百块，连件背心都买不起。他望着商场里那些衣着光鲜的顾客，想不通他们怎么这么有钱。他几乎是带着一股子怨气和悲伤，走出这家日资商场。

阴雨天，同学的冷饮店没有什么生意。几位顾客坐在里面玩手机。同学惊讶地望着他，说你怎么黑成这样？他羞赧地笑了笑，说在外边晒的。同学给他点了杯冷饮，让他先等会儿，下完班，领他在附近的繁华地段逛逛，顺便吃点东西。他在靠窗的位置坐下来，觉得自己也成了体面的人。冷饮店的斜对面就是那家平和堂商场。天渐渐暗下来，他望着商场外墙两只醒目的白绿色鸽子标识发呆。

二〇一二年九月十四晚上，他没有回工地，和同学在冷饮店阁楼的小床上挤着凑了一晚。晚上开空调，也没蚊虫的叮咬，比起工地闷热的活动房要舒适得多。同学说网上正疯传一条微博："早点睡了，起来后去平和堂，明天长沙反日活动。看能不能抢两块劳力士回来！"

要不是那条微博，九月十五日早晨，他直接就回工地了。这条微博改变了他的计划，某种程度上，甚至改变了他的人生轨迹。第二天早上，他们被外面震耳欲聋的口号声惊醒，打开店门，看到一支上万人的队伍，举着红旗，拉着横幅，浩浩荡荡地沿着五一大道进发。他目瞪口呆，从没见过如此壮阔的游行。队伍中大多都是和他们一样年轻的面孔，有些看上去像在校大学生，脸上贴着小国旗，统一穿印有口号的白色T恤，群情激昂，高声喊着："反对日本侵占中国领土钓鱼岛！"口号声一浪高过一浪，震耳欲聋。不断有追随者加入游行的队伍。小耿就是被现场的氛围所感染，加入队伍的一员。起先他还有些忸怩，不敢高声喊，只小声地附和。是他们激奋的情绪点燃了他，后来他就放开了，打了鸡血似的，也跟着人群怒吼。

"打倒日本鬼子！"

"钓鱼岛是属于我们的领土！"

他虽然连钓鱼岛在哪个位置都没搞懂，但喊出的那一刻，全身的血都沸腾了，血脉偾张，每个毛孔都驻扎着一个可怕的魔鬼。有人过来分发小红旗，他抢了一面，使劲挥舞着，跟着他们声嘶力竭地吼。他不知道那满腔的怒火是哪来的。他俨然成了一名圣战士。

小耿是第一批闯入平和堂商场的人。他们先砸了一楼的麦当劳门窗，找到突破口，像狼群一样，冲进了商场。他气鼓鼓地瞪着眼前贵得咋舌的奢侈品，它们点燃了他瘦弱、渺小、卑微、虚浮的灵魂。他捡起一根铁棍，跟他们乒乒乓乓就砸起来。尖锐的破碎声让他无比兴奋。自卑感转眼化作一团团怒气，昨日的耻辱在打砸声中一洗而空。他发誓要将这些让他自卑的东西砸个粉碎。当他们合力将兰蔻化妆品柜台掀起时，人群中竟爆发出一阵欢快的掌声。看着那些装潢奢华的品牌专柜转眼变成一堆废品，他感到从未有过的惬意和疯狂。他砸红了眼，见什么都砸，恨不得点把火烧个精光。人群中不断有人趁乱捡起散落地面的商品，偷偷塞进口袋。他什么也没拿，纯粹搞破坏。从商场出来，他们很快冲破警力防线，开始砸日本品牌的汽车。

一辆停在路边的本田 SUV，眨眼就四脚朝天，连车轮都被卸掉了。他看到几个年轻人，手持铁扳手，朝车窗一顿猛砸。玻璃碴子撒了一地。人群中有人抗议说，砸私家车干什么？车是中国老百姓的……小耿跳起来，用铁棍指着那人怒吼道，这么多品牌的车不买，为什么非要买日本鬼子的车？卖国贼才买日本人的车！砸，砸死卖国贼！那人吓得不敢再吱声。没人质疑了，都沉默了。几个年轻人跳到掀翻的车上开始砸车，小耿也跟着跳了上去，用铁棍梆梆地敲，用脚猛踹，声嘶力竭地怒吼。破碎的声音让他莫名地亢奋。从小到大，他一直是好学生、乖孩子，从不多嘴惹事。农村娃，平时哪敢如此放肆？有人脱掉上衣，露出文身，挥舞着T恤高喊着口号，周围的人群发出欢呼声，跟着起哄。日系车的车主们一脸惶恐，都吓得不轻，纷纷往车上插国旗。他想那些趾高气扬的车主何时在乎过他们？平日过个斑马线都要提心吊胆，忍气吞声，被汽车喇叭一顿催促。现在好了，扬眉吐气了，也让他们领教到了他们的厉害。

他们闹到中午，直到更多的防暴警察、武警、特警赶来增援……人群终于被驱散了。

他以为闹了就闹了，权当一场发泄的游戏。没想到竟然会上报纸。报上的照片，他站在被掀翻的私家车上，用力地砸着车窗玻璃，面目可憎。他搞不懂自己为何愤怒，更没想到警察会找上他。为什么要砸？警察问他。他茫然地摇了摇头，冷静下来，连他自己也解释不清理由。毕竟他和私家车主不认识，无冤无仇。

多亏了他尚未满十八周岁，也不是出头的，抓的人多，法不责众，警局人满为患，很多都是和他年龄相仿的热血青年。他最后仅仅是被严重警告教育一番，关了几天，便释放了。从派出所出来，他便不想再回工地。工地熟人多，都听说了他的事，纷纷不解，说真看不出来，平时老实巴交的孩子，怎么就敢去干这种事？他有些羞愧，想不通当时为何冲动。舅舅也将他一番教育，骂他没脑子，别人一挑唆就上当，这么小的年纪就敢上街打砸抢，下一步是不是要杀人放火了？他紧咬着嘴唇，低着头，不敢吱声。意识到自己做了傻事，心里有些羞愧，没好意思再跟着舅舅。

他在同学那儿借住了几晚，刚好附近一家叫洞庭鱼馆的餐楼在招服务生，他便去面试，在餐馆找了份服务生的工作，总算有了个落脚地。

贵人

游行队伍从他们身前经过时，他几乎是出于本能地从乐摄宝背包中掏出了单反相机。那是一台最新款的佳能 5D Mark Ⅲ，他上个月刚买的。镜头迅速对焦一张张躁动不安的脸，咔嚓，咔嚓……按下快门。也许太过醒目，随行的同学拍了拍他的肩膀劝阻说，行了，别拍了，大使！走吧！他说好，再拍几张。作为一个摄影发烧友，他怎能错过令人热血沸腾的一幕，何况还喝了点酒。有那么片刻，他产生了错觉，仿佛手中抓的不是相机，而是冲锋枪。他在朝人群开火。

他赶上了摄影师梦寐以求的时刻。

很多年，他都保持着随身携带相机的习惯。如果不经商，他说不定会是个优秀的摄影师或者记者，栖身某个报社或图片公司。他喜欢捕捉这些转瞬即逝的东西。数码相机没流行前，他在家里专门弄了个暗房。家里墙上挂的都是他的得意之作。后来投身商海，有了财力作为支撑，行走的范围愈发广阔，摄影的器材自然也越来越专业。从国产海鸥，到尼康、佳能、富士、理光……防潮箱里堆积的器材越来越多。各种焦段的镜头一应俱全，琳琅满目。他爱好广泛，登山、冲浪、越野，随着年龄的增长，很多爱好已经进了记忆的回收站，唯独摄影的热情，保持了很多年，一直没变。

人群的注意力终于被吸引了过来。也许是那硕大深邃的长焦镜头激怒了他们，毕竟他抓拍的是他们人生的污点，或者呈堂的证供。当时他们正在砸一辆日系小车。他从取景框里看到一个朝他怒吼的小青年。他顶多二十出头，光着膀子，衣服系在腰间，左胳膊上文着一条青龙，操着一把扳手，扳手正滴血。小青年用力敲了敲马路的护栏，粗犷的声音极具感染力：抓住这个家伙，他手里的相机是日本货！

他的眼睛还盯着取景框，他们径直朝他冲来，他才感受到不妙。待他反应过来时，有人劈手来夺他的相机，他本能侧身护住，将相机紧紧抓在手里。你们这不是抢劫吗？他说。谁抢劫了？你这狗日的给我说清楚，为啥买日本货？不让买日本相机你让我买啥？他说。买啥也不能买日本相机！他们被激怒了。更多的人围过来，虎视眈眈地看着他。他朝他们看了看，有那么一瞬间，他几乎忍不住要笑起来。他想解释全世界的单反相机也就那么几家，大多数都被日本人统治了，美国不是很发达吗，他们也得买日本人的相机。但他什么也不想说，只是冷冷地望着眼前的无知青年，觉得一切很荒谬，黑色幽默。

大学同学过来替他解围。不拍了，不拍了，好不好，都删了删了！一个劲朝他使眼色。他岿然不动，装作没瞧见。他们叫嚣起来，把他日本相机砸了！更多人跟着起哄。砸了！砸了！他嘴角挂着一丝冷笑。这是我花钱买的，凭什么砸？中午那顿饭，他们四个同学一共喝了三瓶五粮液，此刻他胃里至少装着七八两白酒，尚待挥发。他借着酒意，话里带着刺儿。是日本人的东西就得砸！他们指着鼻子朝他吼。砸你妈！你来砸试试？他气呼呼地怼了回去，和这群毛头小子较上了劲。算啦算啦，大使，都一把年纪了，跟小伙子们计较啥！同学赶紧来打圆场。要不是喝了酒，他顺势就撤了。好汉不吃眼前亏，何况为的这点事。但现在不同了，他们激怒了他。他铁了心，想看看如今这代年轻人是个什么样子。我看谁他妈敢碰我。他迎战了。他的话刚落音，文身青年的扳手就飞了过来。他下意识伸胳膊一挡，锐利的痛在他体内闪电一样奔窜。他很多年没挨过打了。他试图去夺，又挨了几下，愤怒抹掉了他的痛。

他的反抗软弱无力，他被迅速放翻在地。他汗涔涔地躺在地上，后背似有团火在烘烤他。全身阵痛。他试图站起来，努力了几次，所有关节都垮了台，不再配合。屈辱啊！他想。他坐了多年老板椅，现在躺在地上，被一群儿子辈压在脚下，想笑又笑不出声。他们夺去相机。他听见镜头在水泥地面破碎的声音。

不单是相机的损失，而是某种叫作精神的东西，在他心里碎掉了。他们就是一群流氓、痞子，未来你能指望这些人吗？他失望地想。

让你拍，这狗日的！他们边砸边发出尖叫。他心如死灰，一动不动地躺着。唯有大地让他感到无比踏实。见他不再反抗，老实了，他们才收回手中的铁棍、扳手、锤子，朝别的地方走去。

他的几个大腹便便的大学同学沮丧地望着他，大使你这是何苦呢，你这是……他坐起来，拍了拍身上的尘土，说没事，一言不发地望着远去的人群。

这算得是他在长沙两年多来最黑暗的记忆了。他在长沙有一家合股的餐楼，经营得不错，那时餐饮行业还一片欣欣向荣的景象，他认识几个生意上的朋友，以前是做汽车贸易，业绩平平，后来转行搞餐饮，几年下来，都赚了个钵满盆盈。他动了心，刚好大学几个玩得要好的同学都在长沙，物色了一处风水宝地，问他有没有兴趣入一股。他去考察，餐楼靠一新开盘的高档社区旁边，挨着梅溪湖，视野开阔，景色极佳，是难得的休闲餐饮场所。餐楼上下二层，两千平米，一楼大堂，能办婚礼酒席，二楼设有大小十多个包厢。靠山吃山，靠水吃水，餐楼靠湖，搞家特色的鱼馆再适合不过。虽然周围的配套设施还需完善,人气暂时不旺,但前景可观。之前这儿开了家重庆火锅店，生意并不好，惨淡经营了一年多，老板没赚到钱，还倒亏不少，急于转掉这个烫手山芋，他们趁机以低于周边的价格接了盘。

他投了两百多万，成了最大的股东。他手头还有别的生意，待长沙的时间少。每个月只过来一次，待上个把星期，餐楼的日常运营,主要交由另两位入股的同学打理。同学以前涉足过餐饮,比他有经验有门路。知道有些能省则省，有些则非但不能省，而且得花大价钱。比方掌勺的厨师，是他们重金从冰火楼挖来的。大堂经理，曾在徐记海鲜干过三四年，有丰富的从业经验。至于服务员和勤杂工，随时招聘，随时走人，铁打的营盘流水的兵，很少干长久的。这么一来，能节省一笔不少的开支。这都是业内不成文的规矩。

餐楼是他取的名，叫“洞庭鱼馆”。主打的招牌菜是财鱼，为洞庭湖野生，刺少肉多，现杀现做，鱼头、鱼骨和手打鱼肉丸一同熬制成浓汤，鲜香扑鼻，鱼肉切片，薄如蝉翼，往鱼汤里一烫，入口即化。来吃过的人都说好。开张不到一个月，生意爆满，曾经空旷的停车位，每到傍晚密密麻麻都停满了车。没到一年，便回了本。

这算是他最为得意的一笔投资了。他喜欢在餐厅不起眼的角落里待到中午，然后点上两三个菜，要瓶冰镇的青岛纯生啤酒，慢慢享用。他们一共雇了二十六名服务生，多数都是二十出头的年轻人，也有利用寒暑假出来打工的贫困学生。他们不知从哪儿打听的，他才是传说中的幕后大老板，但凡他每次出现在餐厅，他们便不敢嬉皮笑脸，都严肃起来，偷眼瞥他，生怕哪个环节出错，被他逮到挨罚或扫地出门。

通常都是一个叫小耿的孩子给他服务。大概他是服务生中年龄最小的，性格也内向，平时服务生之间的嬉闹，他也一概不参与，显得本分又带点木讷。于是他们便把服侍老板这一高风险的活推到了他头上。因为紧张，小耿第一次就搞砸了。那盆滚烫的鱼汤被他笨手笨脚地打翻在桌上，差点烫着史谦。小伙子一副大气不敢出的样子，局促地低着头，不敢抬眼看他。他有些恼怒，又不想当众发作，只好冷冷地说，愣着干啥，还不赶紧收拾？

他本想开了小耿。女经理心软，替他讨保，说小耿手脚勤快，老实，又听话。他才知道小耿家境不好，家中有患病亟须手术的父亲，姑且留了下来。

吸取了上回的教训，小耿后来就稳健多了，再没犯过那种低级错误。偶尔他也和小耿聊上几句，小耿是岳阳华容县人，靠洞庭，那边也产财鱼。问他为什么不读书了？小耿的脸颊顿时泛起一阵潮红。没钱念了，成绩也一般。小耿低着头说，声音很小。

参加高考了吗？他问。

参加了。

考上了吗?

考了个三本线，学费很贵的那种，没有什么意思。小耿起先局促，后来才逐渐放松，终于敢抬头望着史谦说话了。

他们从没聊过小耿的父亲。女经理说，面试那天，小耿便和她说了父亲的病情。当时也是考虑到这点，就录了他。那时他还没满十八岁，按规矩是不能聘他的。

他留意过小耿几回，上午九、十点钟，通常清洁卫生已经结束，桌椅碗筷摆放停当，第一批就餐的客人尚未光临，此时餐厅显得几分静谧，其他服务生们都在玩手机，唯独小耿捧着本书，躲在角落里看。他悄悄瞥了一眼封面，陈忠实的《白鹿原》。他正好也读过这本书。这个细节给他留下了很深的印象。他觉得这个少年和其他人相比，身上有种特别的东西。他仿佛看到年轻时的自己，不甘平庸，不屈服现实，想依靠知识获取更多的东西。后来他精心从家里挑选了几本书，其中有他钟爱的杰克·伦敦的《荒野的呼唤》、海明威的《老人与海》等，趁人不注意的时候，偷偷放在员工更衣室的椅子上。几天后，他再去看时，发现书已经不见了。他希望小耿能读到它们。

有次他主动问起他父亲的病情。小耿的脸唰地红了。现在病情稳定了吗？他问。小耿嗫嚅着，脸色越来越黑了……医生说要尽快换肾，目前没更好的办法，只能透析……做手术需要一大笔钱。说到最后一句话，他有意停顿了一下，求助似的望了史谦一眼。他装作无意的样子，避开了小耿的目光。他说了些宽慰安抚的话。小耿唯唯诺诺听着，一脸的感激。

服务生的宿舍在新社区的后边，和餐厅尚有一段路程。冬天的某个冷雨天，小耿刚从宿舍出来，忘了带伞，缩着脖子，冻得瑟瑟发抖，冒雨朝餐楼方向走去。史谦在车上认出小耿，停了车，朝他摁了摁喇叭，招手示意他上车。小耿惊讶地望着他，直到他再次招手，才迟疑着拉开车门。

“去餐楼上班？”

小耿哆嗦着嗯了一声。

“上来吧，我载你去。”

小耿受宠若惊，一副不敢相信的样子。

“下雨天，怎么不打伞？”他说。

“忘了带了，想着也近，跑一跑就到了。”

他将暖气开到最大。

“会开车吗？”

“……会一点，还没考驾照。”

“开过？”

“赶集时开过我爸的小四轮。”

小耿拘谨地坐着，史谦问一句他便答一句。他猜小耿第一次坐这么高档的车。

也许是感受到了他的温暖和善意，觉得这个老板和其他人不一样，小耿也学会了朝他点头微笑，主动打起招呼来了，脸上也多了几分灿烂。

逢年过节，是餐楼生意最好的时候。洞庭鱼馆的年夜饭提前一个月就预订一空。每到年底，总有一批服务生、勤杂工辞职不干，要回家过年。加薪也挽留不住。腊八那天就有三位辞工。女经理好说歹说，勉强将剩下的人留下。越到年底，人手越紧俏，也越难招到人。

小耿没走。

他问小耿什么时候回家，小耿说今年过年不打算回了。他的声音很轻，很坚定的样子。他没有再多问。

年夜饭更像年终总结，每个人都很卖力，像上紧的发条，一人抵三人使，忙得脚不沾地。几个股东都留在餐楼，按照惯例，要陪员工们吃年夜饭。待最后一拨客人离开，卫生清理工作完毕，已是夜里十点。窗外烟花璀璨，万家灯火，除夕的氛围达到高潮，无数的烟花映红半个夜空。他看见小耿悄悄躲在饭店二楼的露台，忧郁地望着夜空。他穿得很少，套着酒店服务生的小马甲，单薄的身影上得了晾衣架。史谦看了难受，赶紧转移了视线。

年夜饭准备得丰盛。每桌都配了红、白酒及各种饮料。所有人落了座，他照例代表股东致新年贺词，给每个员工发红包。唯独不见小耿，打电话占线，派人去寻了一圈，都没见着。史谦晓得小耿在哪儿，说我去找找。小耿果然还在露台，刚挂完电话，脸颊有泪痕，像是刚哭过。史谦想说点什么，忽然感觉一切都是多余。他将红包递给小耿，拍了拍小耿的肩膀。小耿显得手足无措，还没从刚才的情绪抽身出来，几乎是带着哭腔道的谢。史谦轻轻叹了口气，临时改了主意，又掏出一个红包，递到小耿手上。小耿错愕地望着他，说老板这怎么好……史谦用力握了握他的手，说这是我私人的一点意思，不要让其他人知道。小耿的目光感激而局促，几乎不敢和他对视，整个身子都在轻微发抖。这个红包比第一个红包多了一千元，原本是他准备给同学女儿的压岁钱。

回到席间，小耿一副心事重重的样子。其他股东们都不喝酒，喝饮料。说一会儿还要开车，家人在等他们回去团圆。老板们不喝酒，员工便不好意思放开喝，都只喝啤酒和饮料。只有小耿一个人要喝白酒。小耿说白酒可以喝吗？老板们说当然。那我就开了。大家都不吱声，诧异地望着他。小耿低头开了一瓶酒鬼，问有谁喝白酒？大家都沉默或摇头。小耿便给自己斟满一杯。女经理说，小耿，大年夜的，尽兴就好，不要喝醉啊。小耿嗯了声，仰脖子就干了，吸了口气，说好酒。

象征性敬完一圈酒，其他股东都提前撤了，急着回家团聚。史谦谢绝了同学的邀请，索性和员工们坚持到了最后。女经理特意安排了文娱节目和抽奖。每个人都要求上台表演一个节目。轮到史谦，他本想唱崔健的《一无所有》，想想大年夜的，歌名不讨喜，便改唱了一首周华健的《朋友》。见老板依然陪着他们，员工们也很感动，纷纷过来敬酒。小耿也过来敬他酒。喝了酒的小耿倒是一改以往的木讷，舌头反倒伶俐了，说了一堆感谢他的话。这些话说得特别虔诚、卑微，甚至带着几分下贱。要不是喝了酒,他想小耿是断不会说出这些话来的。他便奉劝,说别再喝了，喝醉了不好。小耿笑了，挥手说没事，我酒量好着呢！女经理也过来劝，你听老板的，先别喝了，上台唱首歌去。小耿说不会唱。回得干脆，一点不像平常的小耿。随便唱什么都行啊，女经理终于把酒杯收了。小耿只好站起来，踉跄着走到台上，挠了挠头说，我真不会唱歌，天生五音不全。底下便起哄，不唱歌，表演个节目也行啊！他又挠挠头，说节目更加不会了。那就来个真心话大冒险！想听什么？他怔了下说。来个刺激点的吧？你都干过啥坏事，快说说！他像想起什么，笑起来，说好，那我讲个刺激点的。

小耿便借着酒劲，讲了九月十五日那天砸平和堂商场和日系车的事。讲得很详细，各个细节足都真实有力，带着一股血污和怒气。尤其讲砸日本车的场面时，神情带着几分得意和炫耀，“我们掀翻了好几辆丰田本田，还有一辆据说很贵的奔驰车。”说这些时，他的眼神咄咄逼人，冒着寒光。大家惊讶他竟拥有如此大的破坏力。都听得投入，一时鸦雀无声。这位内向纤弱的少年沉浸在自述里,仿佛又回到了那一天。浑然忘了眼前是什么场合。丝毫没察觉史谦脸色的变化。

史谦近乎粗野地终止了小耿的讲述。够了！下去吧！众人错愕地望着他，看老板阴沉着脸，神色不快，知道小耿惹老板不开心了。

他的确被小耿不知廉耻的讲述惹怒了。尤其是讲述砸车和打人的场景时，扬扬得意的样子让他震怒。这不就是他最鄙夷的那种人吗？竟然就在自己眼皮底下。他们没有丁点本事，只想搅乱大好局面，趁火打劫，浑水摸鱼，让所有人为他们的愚昧鲁莽埋单。

他提前走的。据说走后，所有员工都松了口气，他们狂欢到子夜一点多才散。不出所料，小耿醉成烂泥，吐得满地都是。没人肯扶他回去，他便在大厅圆桌上盖着桌布，躺到第二天中午才醒酒。

大年初一，史谦正在开车回广东的高速路上，收到一条陌生短信，一看是小耿发的，文字充满感激之情。他回了一句新年快乐！他不知道小耿是否已经回家。他能确定的是不会再在酒店见到他了。这是小耿还在台上，他就做出的决定。他当时的举止的确激怒了他。

小耿当然不会知道这些。在小耿心里，他依然是一位难得的好老板，人生旅途中罕见的贵人。

幻想症

张舸的病大概是二〇一三年开始犯的。病情严重时，几乎将通讯录上的联系人挨着联系了一遍。开头必是：今天在通讯录看到你的名字，想起了某某。某某当然是她们共同认识的人。一番寒暄之后，将有限的交往回忆一遍后，突然说，除了某某，不要告诉其他人我的任何事，好吗？对方一头雾水，问出什么事了？她便语焉不详，说以后有机会再慢慢告知。直到对方联系某某，才恍然大悟，晓得她大概是精神有些不正常，出现了严重幻想症。

她去医院的神经内科看过医生，医生告诉她，这是精神长期抑郁与紧张导致的结果。从医院回来的路上，提着一大包药物，她眼前不停地闪回医生的告诫，恍恍惚惚回到家，觉得天塌下来了，和衣倒在床上，昏天暗地睡了两天，身上似乎负着全世界的重量。她按照医嘱，吃了一段时间的氟西汀、帕罗西汀、舍曲林、氟伏沙明、西酞普兰等，情况时好时坏。

多数时间，她大抵是能自控的。只要不想王竟先。她眼前甚至不能出现姓王的人。王竟先是她一生的耻辱。一个211毕业的硕士生，竟然给一个骗子耍得团团转。每每回想，她便气血冲头，四肢发抖。那是一段她做梦都想抹除的经历。只要想到王竟先，她的记忆从未这么好过。她装下了太多关于他的回忆。那些糟糕的日子里，每次情绪失控，都会打嗝似的涌上一堆记忆的垃圾。她连和他看过的几场电影是什么名字都记得一清二楚。有天翻包，突然翻到一张代金餐券，那是某天和他一起吃火锅留下来的，一下又勾起许多其他回忆。

她强迫自己忘掉他。一切适得其反。记忆在疯狂报复她。万籁俱静的深夜，她脑海清晰地浮现着和他在一起的点点滴滴，她咀嚼着这些发苦的碎片，直到心里腾升出股股凉意。她绝望地想，只怕此生也甩不掉这个恶魔般的黑影了。

她去警局查询案情的进展，每次回复都说正在查办中，让她回家耐心等消息。遥遥无期的等待中，一点点地加剧着她的焦虑和愤慨。时间长了，心生幻觉。幻想在公车上碰见他，向前一把揪住他的衣襟，在骗子的脸上抓出几道血淋淋的痕印；或是在街上，他迎面朝她走来……有天下班，在地铁上看到一个男人，越看越像王竟先，向前一把揪住衣领，破口大骂。那人一脸错愕，说你神经病吗，我俩压根不认识。要不是被人及时拉开，差点动起手来。

后来出门，她的挎包里随时装着一把剪刀。她幻想锋利的剪刀刺穿王竟先的喉管，鲜血喷溅的场景，心里莫名畅快。每天上下班的地铁上，她紧张地逡巡着每张男人的面孔，生恐眨眼间，他侥幸成了漏网之鱼。

有天午休，她坐在办公椅上开始喃喃自语，一脸兴奋。同事好奇，问有什么喜事啊？她说有啊，我昨晚抓到骗子了！同事吃了一惊，问什么骗子？她便绘声绘色地讲了一遍，起先如何与骗子斗智斗勇，再引蛇出洞，设下埋伏，请君入瓮。整个过程被她叙述得绘声绘色，惊心动魄，听得同事们手心都是汗，以为真有其事。

第二天，隔壁部门的同事来串门，一下就穿帮了。原来这个“故事”早已不新鲜，很多熟人都不止一次听过了。起先以为是真的，后来都发现是她瞎编的。她伏在办公桌上，埋头大哭，令在场的人都尴尬不已。

朋友知她难过，陷入太深，劝她想开点。为转移她的注意力，二〇一三年冬天，出于好心，又给她介绍了一个对象。对象是朋友的朋友，在海淀区街道办工作，京户，带编，尚未结婚，是个实诚可靠之人。据说父母催得紧，也想早点结婚。

她推却不了她们的热情，约了周末，再次硬起头皮去相了一回亲。星期六，两人约好在一起喝咖啡。对号入座起，那杯咖啡便喝得很快。她本想喝完就寻个借口走人，又碍于同事情面，毕竟人是同事好心介绍，就这么走，总归有些不好交差，只好干坐着，若有所思地望着那张被青春痘残害的脸和身上多余的肥肉发呆。对方以为他的话引起了她的共鸣和兴趣，眼神更光亮了些。她其实只希望对方早点结束这冗长又乏味的交谈，各回各家。她坚信人与人存在一个看不见的气场。见他第一眼起，她便没有更进一步了解的兴趣。对方号称三十出头，留着络腮胡须，长得明显有些着急，身材也有走形的迹象。公务员口若悬河，操着流利的京片子，一气讲了自己的过去、现在和将来的规划。她全程都在用心凝听，他自以为事情八九不离十了，提议去看场刚上映不久的新电影。她本想推说身体有点不舒服，电影留着下次看好了。对方像是预感她要拒绝，抢先说楼上就是影院，最近一场五分钟就开始，碰巧无缝对接了。她心里叹了口气，跟他进了影院。看完电影，晚上六点多，他说都到饭点了，反正也饿了，吃点东西再回吧。

晚饭结束时，八点多钟了。他问怎么回？她说坐地铁吧。他便送她去地铁口。北风刮得紧的那会儿，他突然将外套脱下，披在她身上。这个意外的举动她一时没反应过来。她想脱下，被他及时制止，她便僵在那儿，他就顺势搂过她，在她耳边低语，如果她同意，他愿意一辈子好好爱她照顾她，云云。那含情脉脉的话语如道道电流在她体内奔涌流窜。霎时，她脑海闪过无数念想，想象和男人已然度过了这漫长的一生。他的毛呢大衣厚实、温暖，带着体温，让她感到踏实。然而她清楚，她不会爱上这个男人，一丝一毫都爱不上。这不是爱，这是怜悯，是施舍，是同情。她说服不了别人，也说服不了自己。然而男人发自肺腑的关怀和爱意，到底让她内心某块坚硬的东西柔软、融化了。她害怕这种感觉。像被一股无形的压力笼罩，屈服，瞬时一种难以描述的复杂情绪袭上心头，她想，这难道就是她真实的人生吗？就是她今后必须面临的现实吗？她想象嫁给他后成为家庭主妇的生活，做饭，看电视，逛街，上床，生个小孩，都是一堆鸡零狗碎的东西，直到皮肤松弛，身材渐渐走形……想到这些，她简直无法原谅自己了，蹲在积雪上，失声痛哭起来。哭得撕心裂肺，如临末日。突兀的哭声吸引了路人的注意，让男人陷入尴尬之境。他一脸茫然，搓着手，语无伦次，完全不明白女人为何突然失控了。

她再没相过亲。这年冬天，逛潘家园花鸟市场时，她带回了这只非洲灰鹦鹉。是一只很灵性聪颖的鹦鹉，是她在北京最后的念想。几乎不需要什么训练，没两天它就能惟妙惟肖模仿她说话。烦闷的时候，她便逗它，什么都讲，无所顾虑，比朋友还亲近。听一只鸟叫她的名字，说她想听见的任何话语，小鹿，小鹿我爱你，小鹿宝贝，感觉很奇妙。那成了她为数不多的一点快乐。回到家，她第一件事就是给它喂水喂食，逗它说话，给它拍照。死寂的房子因为鹦鹉的到来，又泛起一丝生气。和鹦鹉在一起，她暂时忘了不快，忘了那些伤痛的记忆。她不知道这样的生活还要继续多久。

和她关系密切的朋友、同事慢慢疏远了她。她深夜常给他们冒失地发短信，打电话，语气怪异，甚至上他们单位探访，说些奇奇怪怪的事。时间久了，有的不堪其扰，索性将她拉入黑名单，断了往来。

某天夜里，她想起图们。他已经睡下，电话里声音带着困意，她兴致勃勃地和他讲起自己的新恋情，一个上市公司的老总正在猛烈追求她，为了她，他不惜和妻子离了婚。老总上周刚为她在万柳的“锋尚国际”买了一套公寓房。下个月他们将去巴黎塞纳河拍婚纱照。图们笑笑，说好啊，那恭喜你们了。在之前她给他的电话中，描述她正和一位北大教授热恋，当时他还感到惊讶，以为她真过上了梦寐以求的生活。电话里她听见有女人问他和谁在通电话。图们说没事我先睡了，明天要早起，带宝宝去医院体检。还没等她回答，那边先挂了电话。

万圣节

万圣节那天晚上，公司组织狂欢，她化了浓妆，近乎疯狂，喝了许多的酒。结束派对，她踩着末班车的点上的地铁。1 号线，从国贸站往苹果园方向。车厢空旷，没多少人，他们面对面坐着。其他人都戴着防霾口罩，捂得严严实实。只有他俩没戴。网上的消息，连续几天北京 PM2.5 都爆了表。空气中能闻到一股刺鼻的硫酸味，她感到喉咙有些灼痛。她记得刚来那年，媒体上关于雾霾的报道几乎没有。二〇〇八年奥运会那年，几个外国运动员戴着防毒面具一下飞机就捅了马蜂窝，被举国声讨。现在回想，多么绝妙的讽刺啊。现在没人不晓得空气里的颗粒是致癌的杀手，口罩已成保命的必需品。

地铁越往西，下的人越多。到公主坟时，那节车厢便只剩他们两人了。他们对坐着，目光偶尔碰撞，为打消尴尬，他便朝她笑了笑。她借着酒劲，问他到哪儿，他含糊回了句。她突然说，给你看我养的鹦鹉。他说什么？她举着手机，荧幕对着他。为了看清，他只得站起来，走到她跟前。的确是只鹦鹉。可爱吗？她又笑，露出一口还算整齐的白牙。他闻到一股更浓的酒气。她大概是喝醉了，才敢如此大胆，在深夜地铁上主动跟陌生男人搭讪。好看。他及时对鹦鹉表达了赞许。它会模仿你说话。他说是嘛。你到哪站下？他说。八宝山。她说完发出一连串的哈哈声。我住八宝山，睡领导人隔壁。她瞪着他，充满期盼地等着他再次发笑。他也笑了。我是女鬼，哈哈哈。你怕女鬼吗？她装作吸血鬼的样子。我也住八宝山，这次他是真的笑了。她二十七八岁的样子，卸掉浓妆，兴许还能打个及格分。你是做什么的？她问。他回答说在一家文化公司做编辑。那你一定看过很多小说咯？他没有否定，说每天都看的，自己也爱写点。她眼神突然亮了亮，说你认识作家某某吗？听说过，这几年很火。他说。她带着嫌弃的样子眨巴了一下眼皮说，那个人……其实人品有点问题。我和他上个月刚分的手。他吃了一惊，认真地打量了她一眼，她的表情似乎不像是撒谎。你和他谈过恋爱？他说。嗯。她有些哀伤起来，面容带着一丝忧伤。你不信吗？她说。他上次在巴黎，差点向我求婚了，我当时犹豫了，觉得不能这么早就嫁做人妇，哎，现在也不后悔。我的鹦鹉模仿他的声音可像了。你是做什么的？

他对深夜地铁上的神秘女子产生了强烈的好奇。她像是故意要吊他的胃口，说你想知道吗？他点了点头，目光殷切地迎向她。她像在认真思考，非常严肃地观望他一番说，其实我和他有很多秘密，今晚喝了酒，我很想说说……憋在心里太难受了……假如我告诉你，你能答应我不要告诉他或者其他任何人吗？他想都没想就点头答应了。当然了，我又不认识他，他是大名人，我说了人家也不信啊。

他们一同在八角游乐园下的车。隔壁就是八宝山。她不住八宝山，他当然也不住。她走路时有些小踉跄，他疑心她刚讲的全是酒话。但她很快就猜到他的心思，你不要怀疑，我和你讲的每一句，百分百都是真的。我喝了酒才讲。妈的，藏我心里好久了，还不讲，我要憋死的。

她倒真养了一只鹦鹉。不过鹦鹉学的是宋丹丹一段小品。她租的是一套九十年代的职工宿舍，老旧，逼仄，墙漆斑驳，房间的陈设也很简单，一看就是临时租户。他不相信作家的前任过得如此落魄，据他所知，作家另外一个身份是成功的风投人，光北京那套著名的别墅，至少也值个把亿了。他便起了疑心。她继续讲，说比作家更早的上上任是一位大名鼎鼎的北大教授。他当然也是久闻大名。她说那位教授为了她，差点和妻子离婚，发誓要和她在一起……结果最后还是欺骗了她。她沉浸在往事的回忆中，说到动情处，竟声泪俱下，啜泣不止。他装出目瞪口呆的样子，继续听她诉说。我过成今天这样，都是他们害的！他们都是些没良心的家伙！她声情并茂地控诉着，怎么看都不像是撒谎。

如果不是喝了酒，这些心事我不会和任何人讲的。我也是个有尊严、爱惜自己羽毛的女人。他们想给我钱，送一套公寓房，我都没要。我怎么会要这些东西？钱财都是身外之物，我要的是爱情。他们既然给不了我，我就要让他们一辈子活在歉疚中，让他们负疚终生！

后来她说累了，脱了衣服，侧躺在窄小的床上。他干巴巴地坐着，也不敢枉然断定她讲的是否属实。女人许久没有动静，像熟睡了。他忍不住摇了摇她，问她是不是睡了。她便懒洋洋地扬起雪白的手臂，拍了拍他的脸。

他稀里糊涂地跟一个奇怪的女人睡了一夜。称得上是他众多艳遇中最诡异的一次了。第二天醒来时，她已起床，正坐在梳妆台前描眉。她身材保持得不错，五官也经得起细看。她回过头，像是有些懊悔，语气异常冷淡，和昨夜判若两人。说昨晚喝多了，再三叮嘱他，不许乱讲酒后之事，他唯唯诺诺答应了。她说你走吧，我们以后不要再联系了。

他再也没见过她，甚至连她叫什么，也没问过。后来他把这事当逸事在酒桌上分享，众人哄笑，都说他睡了个精神病人。他不相信，又说服不了他人，每年的万圣节，他都会想起这个神秘女人。她的胸很美，在床上像只温驯的小鹿。他想了许久，也不敢妄说那是个精神病人。

二〇一三年冬天，同事给她父母打电话，说了她的情况，父母才知晓她的病情。当时她正躺在石景山一家医院抢救。一天夜里，她喝下大半斤五十六度的北京二锅头后，在电话中和朋友告完别，然后用菜刀割了手脉。要不是那个平时玩得要好的朋友挂完电话，隐约感觉不对劲，赶紧连夜赶往她住处，她肯定当场就没了。

她坚持不承认自己患病的事实。他们费了很大的功夫，才将她接回老家。那时她沉浸在与北大某位知名教授热恋狂想中。她有教授的课表，每堂课都去旁听，坐最后一排，认真做笔记，比他的学生还认真。用铅笔素描了好几幅教授的肖像，像画自己的未婚夫，却从未和他说过一句话。

她在老家养了大半年病。遵照医嘱，按时吃药，休息，睡眠质量大为改善，情绪也逐渐平稳。父母松了口气，想只要身体好，过怎样的生活都行。周末她和父亲去湖边钓鱼，陪母亲逛菜市场，研究厨艺，与常人无异。闲的时间久了，她说想找份清闲的工作，托付父母给她物色个可靠的人，安心生活。父母知道她的想法，深感欣慰，长舒口气。其间她还读完了雨果的《悲惨世界》。一天夜里，事前没任何预兆，她给父母留了纸条，上面写着一段无头无尾的话："人心是妄念、贪欲和阴谋的污地，梦想的舞台，丑恶意念的渊薮，诡诈的都会，欲望的战场。"

她偷开走了母亲新买不久的标致汽车，还拿了一张存折，带上了那只心爱的非洲灰鹦鹉。

这次她没去北京。她厌倦了北京，也厌倦了伤害。她只想找个温暖的海滨城市，隐姓埋名，开始新的生活。

骨骸

几年前，朋友曾带他去看过一回湖盆。十一月底，南方终日水雾弥蒙，天气阴冷，穿得稳羽绒服了。朋友带他去吃鱼。水位下降后，渔民划着船在各沙洲间穿梭，专做吃鱼的生意。鱼是刚捕的，洞庭的野味，在船上现杀现吃，撒上剁椒、紫苏、生姜，用不锈钢锅满盆盛了，架上酒精炉，三五好友，围炉而坐，几杯白酒下肚后，身上顿时暖和过来。朋友做证券，本和文学八竿子打不着，偏喜欢结交些无用文人，连吃饭都喜欢找僻静的地方，图个雅兴。四野无人，小舟自横，这饭果然吃得有氛围，有意境，简单的农家菜，竟吃出几分诗意来。他们因为文学结缘相识，意气相投，常在一起谈诗论道，无所顾忌，加之同乡，每次回老家，他们都要聚一聚。

那天吃鱼，喝了几两白酒，朋友兴致很高，非要带他去看湖盆。他搞不懂朋友何时对湖盆感起兴趣了。朋友故意卖关子，笑笑说，给你提供点小说素材。这些年来，洞庭水位连年下降，被水淹没多年的沙洲，逐渐露出水面，上面杂树生花，茅草和芦荻获得喘息之际，发了疯似的长。谁敢相信从前方圆几百里烟波浩渺的水域竟会枯竭，甚至露出满目疮痍的湖盆？连他这个从小洞庭边长大的，都觉得不可思议。小时候，即使秋冬枯水季，一样波光潋滟，水鸟成群，声势浩大。这些年，水位一点点地下降是不争的事实了。

朋友轻车熟路，想必不是第一次来了，沿着错综复杂的小路走了约半个小时，指着前方一处湖盆说，一月前，那儿发现了一具骸骨。骸骨？他求证说。是的，人的骸骨。他打了鸡血似的，一听来了精神。朋友说骸骨是渔民发现的，湖水下沉后，这儿变成洼地，外面的水进不来，里面的鱼虾出不去，是捕鱼的好地方。捕鱼人在浅水处看见一节白骨，找棍子一拨，滚出个骷髅头，吓得网都不要了。

法医化验的结果，死者为男性，死亡时间超过三十年了。死因疑是被人绑了重物溺死。发现骸骨的区域，后来找到一块石头，上面缠着锈迹斑斑的铁丝。疑是被人绑了重物投的湖。

这带以前是深水域，要不是水位回落，天晓得下边暗藏什么玄机？警方在不远处又找到一具骸骨。死者为女性，大约二十五六岁，死因和之前的一模一样，也是身上被绑了重物，沉尸湖底。两条人命，影响很大，警察走访周围，做了大量调查，发现一九八一年九月，附近村里失踪了一个叫阿金的青年。某天晚饭后他从家出来，便再没回来过。家人找了很久，四处打听，电线杆上贴满了寻人启事，还报了警，仍活不见人死不见尸，这么多年来一直杳无音信。同年九月，村里还消失了一个女人，女人据说是湖南那边的，有几分姿色，是哑巴从人贩子手里花大价钱买回来的。女人比哑巴小二十岁，替他生了个女儿。因为是被骗过来的，在这边死活待不惯，几次想逃跑，每次被抓回来，少不了一顿毒打。哑巴老实巴交，一副阿弥陀佛的样子，打女人却下得了狠手。揪着女人头发，往院里一甩，一脚踹上院门，片刻里边就传来女人的尖叫和号哭声，外人听着都揪心。哑巴打了大半辈子光棍，全部积蓄都花在这个女人身上，自然看得紧。朋友说当年亲眼见过那女的，长得的确好看，比村里任何一个女人都俊俏。和哑巴在一块儿很扎眼，不晓得她怎么就落到这步田地。阿金和女人前后失踪的时间相距不到几天，当时大家背地里议论，女人可能被阿金拐跑了。阿金那时还没成家，在云南当过兵，算是村里出过远门见过世面的人，家里给他介绍过几个女人，他都没看上。谁也没想到他看上了哑巴的女人。没出事前，阿金就和女人就传出了风言风语，有人夜里在芦苇荡撞见过他们幽会。有人甚至怀疑哑巴的女儿也是阿金的种。哑巴不聋，这些话迟早听进去了。但也只能睁只眼闭只眼，他瘦得像坨豆腐渣，阿金年轻力壮，当过兵，一两个人根本近不了他身，哑巴找阿金是自讨苦吃。所以大家都没往那方面想，推测阿金带女人私奔了。

三十多年过去，哑巴都八十好几的人了，半年前中的风，瘫痪在床，神志不清，屎尿都要人端。房间臭气冲天，充斥着一股屎尿味，警察从摇摇欲坠的木屋出来，差点被熏晕过去。警察拿着阿金当年在部队拍的照片，问哑巴认不认识这个人？哑巴嘴角抽搐了几下，用浑浊的眼望了望警察，啊呜了几声，长长的涎水便滴了下来。毫无疑问，就是哑巴干的。后来呢？他问。哑巴不会说话，又瘫痪在床，已是油尽灯枯的人了，一切都没意义了。你要是有兴趣，可以写一写。一九八一年九月份的夜里，具体哪天我记不清了，很明朗的月夜，我去外边撒尿，正好撞见哑巴划船出去。我见他有些惊慌，船舱似乎传来闷响，我问什么声音，他就咿咿呀呀地比画，用撸重重地敲了敲船舷。我年龄还小，以为是鱼，没往心里想，撒完尿转身就回屋睡了。后来哑巴便对我很好，还给我做了一个铁环。当时谁也没怀疑到他头上，女人失踪后，他气急败坏的模样蒙骗了所有人。毕竟两条人命啊。也多亏他是个哑巴。朋友意味深长地感叹道。

从洞庭回来，他有了写小说的想法。就写朋友讲的这个故事。写这对偷情被沉尸湖底的男女。他以为会一气呵成，说来奇怪，故事刚开了个头，就卡壳了。他尝试了好几个开头，都没办法写下去。他也不知道原因出在哪里，一想起哑巴，心里就瘆得慌。他搞不明白为何对哑巴怀着几分畏惧。有天夜里他梦见了那对被沉尸的男女，从水面湿漉漉地钻出来，向他哀求，让哑巴放他们一马。他对哑巴产生了强烈的好奇心，有一天终于忍不住，拨通朋友的电话，说想亲眼见一见哑巴。或许从哑巴苍老的眼神中他能捕捉到阔别已久的灵感。

朋友说你早点来就好了。警察调查他没多久，哑巴就死了。他中风这么久，含着一口气，说不定就是等着警察来找他的。警察找到他，反而了却他一桩心事，他便放心地撒手西去了。他听了毛骨悚然。

哑巴的线索断后，小说只好暂时搁置，直到后来他才重新找回灵感写完。小说题目取名叫《去洞庭沉尸的途中》，他自己很看重，打算收入新的小说集出版。

其间出了件事。他手机里的艳照不知何时传了出去。到底怎样流传出去的，一直是个谜。他怀疑问题可能出在酒上。公众场合，他通常保持沉默，给人一副谦逊低调好学的印象。一旦喝了酒，喝嗨后，便控制不住嘴。到底是个骄傲的人，仗着几分才华，酒后锋芒毕露，说起话口无遮拦，谁都不放在眼里，他猜可能酒后得罪了什么人。

在京城的几年，他逐步显露出文学上的才华，甫一出手，便技惊四座，陆续发表几部小说，为他赢得了一片叫好声，紧接着又获了几个文学奖，并吸引了影视界的注意，卖了影视版权，大大缓解了他的生活压力。一时风光无二，自以为踏上了人生的快轨，春风得意马蹄疾，一日看尽长安花。酒局上谈论他的人越来越多，把他看成近年来不可多得的一匹文坛黑马。也有人觉得不过尔尔，原创性不高，有股刻意为之的冷峻腔调，题材狭窄。脆弱的虚荣心和极度的自负，使他很难将外界的赞誉和诋毁全盘接受。他默不作声，只有酒席上，趁着酒意，才敢一吐胸中的块垒，那个时候，他觉得自己是真实的，有种拔剑四顾心茫然的傲然。

他和人炫耀过和顾烨的事。照他说的，那是个有钱貌美的女人，从灵魂到肉体都崇拜着他。喝嗨了的他大概把自己当成旅居巴黎时期的海明威或毛姆笔下的斯特里克兰德了。“性的饥渴在斯特里克兰德身上占的地位很小，很不重要，或毋宁说，叫他感到嫌恶。他的灵魂追求的是另外一种东西。有时欲念把他抓住，逼得他纵情狂欢一阵，但对这种剥夺了他宁静自持的本能他是非常厌恶的，他甚至厌恶他在淫逸放纵中那必不可少的伴侣，在他重新控制住自己以后，看到那个他发泄情欲的女人，他甚至会不寒而栗。”

他自以为是毛姆的知音，甚至以毛姆自诩。女人只是他的工具。他有时想她，发了疯地想，可一旦欲望得到满足，又厌恶在她身上所耗费的每一分每一秒。他厌憎被冷落，又渴求孤独。一段时间，他沉浸在《查拉图斯特拉如是说》中，“寂寞是一种对别人的饥渴。你想念着别人，你对你自己来说还不够——你是空虚的。因此每个人都想在群众中，然后在自己周围编织各种人际关系，只是为了欺骗自己，忘记自己是寂寞的。但是寂寞会一再地冒出来，没有一种人际关系能够隐藏它”，他深以为然。

他的行为，以及外界那些远远超过他实力的赞誉，很难不引起别人的嫉妒和憎恶。他想那张照片八成是他生日那晚喝醉了炫耀时流出去的。

艳照是在斐济的酒店拍的。海滨仲夏夜，凉风习习，异国他乡的情调，远离家庭的束缚，让他们毫无保留地释放着激情。那晚他们喝了酒，都有了点醉意，她的目光里跳跃着欢快的情欲。他忍不住拍了几张存下来。还故意给她看了。从她羞涩的眼神中，他得到了某种施虐般的满足感。后来她提醒他删掉，传出去就完了。他说好。但迟迟没有动手。他舍不得删。他将这些照片视作男人的骄傲。他满足于女人对他的臣服。那次醉酒，几个朋友聊起自己的猎艳史，夸耀着各自的战绩。他禁不住他们的怂恿，将照片炫耀了一把。至于到底是谁干的，人多酒杂，他醉得稀烂，完全记不起了。

照片就此传播开来。如蒲公英的种子，散落天涯。一传十十传百，谁晓得到底多少人欣赏过？起先他瞒着顾烨，生怕她知道。直到顾烨直接飞北京来质问，到底怎么流传出去的？他支支吾吾，借口说手机丢了。她说你还打算瞒我到什么时候？人家都把照片发到我手机上来了，还让我有没有脸活？他说谁发的？她冷笑，说别人脸皮没你厚，肯定匿名发的。他能发我，也能发给我老公，万一哪天传到我老公手里，到时我们都吃不了兜着走。他赶紧说，那人应该是冲我来的，不要理他。可能最近得罪了身边某个圈内小人，这事肯定是那傻 × 干的。既然是圈内人，肯定不认识你老公，这样做只是想恶心我们一下，应该不会再有其他动作了。那万一呢？她说。不可能，他断然否定了。话虽这么说，他自己也心有余悸，万一那人真想整他们，真的找了她老公呢？信息化时代，要找个联系方式又不是难事。他想想就不寒而栗，他见过她老公，四五十岁上下，动作干练，穿着吉普休闲服，不像生意场上的人。说不出什么原因，对这个男人，他颇有些忌惮。艳照传了出去，两人都上了同条船，只能心怀一丝侥幸，赌一把，祈祷史谦看不到这些。

他从没和顾烨说过哑巴和骨骸的故事。上次在洞庭，他差点就要和她讲了，最后又忍住了。那个故事深植脑海，他眼前常常浮现哑巴驾船深夜沉尸的情景，咕咚一声，翻身落水，如坠深渊，直到沉入湖底，枕着泥沙，沉睡千年。她要听到这个故事，不知会做何感想。

他也向她隐瞒了隧道的事。事故发生前，其实他一直在和那辆车斗气。他生气的原因是那人蛮横无理，开着远光灯，还朝他摁喇叭。他来了气，故意没让道，开了远光灯对冲过去。一切发生得太快，等他反应过来，那辆小车已经从眼前飞跃而起，往山下滚去。他不过是斗斗气，并不想出事。突如其来的变故吓得他不轻。毕竟是相互斗气才引发的事故，追究责任，他也逃不脱干系。何况他还隐瞒了真相，告诉顾烨后备箱的女人已经没了呼吸。其实他也不确定。其时她尚有一丝细弱的脉搏，但奄奄一息，的确像是快结束的迹象。他被她的样子惊吓到，这已经不再是简单的车祸，而是一起复杂的绑架案，惊慌之下，他只想早点脱身，离开这个是非之地。

从洞庭回来，他的睡眠质量变得异常糟糕，经常梦见死人和凶杀，梦见哑巴，梦见后备箱血淋淋的女人。梦中她一会儿复活，一会儿又死去。她频繁造访他的梦境，浑身血迹，神色凄惶，几乎每晚都来，蹑足潜踪，俯身床前，静静地看着他。梦中他无法言语，极力挣扎，却丝毫动弹不得。女人幽怨地盯着他，你明知道我没死，你撒了谎，你本可以救我的，是你害死了我……每次从噩梦中醒来，他很难再入睡，心脏一顿狂跳。他去网上搜新闻，在本地新闻里搜到一则短讯，警方已经介入，是宗绑架案，但新闻里对女人的生死只字未提。他懊悔当时的胆怯、自私和冷酷。对陌生女人心怀歉疚，想，她要因他而死，那他就真的成了帮凶，成了压死骆驼的最后一根稻草了。他心绪不安，烦乱，便坐起来抽烟，看书，发呆。他拾起很久没写的日记，记下内心琐碎复杂的感受。

不管在世界的何方，我短暂的一生都未曾真正快乐过。世界囚禁着我，我同样囚禁着世界。我活着，我呼吸，我冷漠，我幻想，人死灯灭，每天都和死亡和欲望的使者搏斗。

很小的时候，我就是空想家。它成就又毁灭着我。如今我把空想变成了职业。在冥思的世界里，那儿有真实的爱情，真实的花裙，真实的呼吸，真实的欢愉，真实的自由，我是我的王。

一年年地衰老是既成的事实。我依然单身，我驻守着空荡，年轮是攫取我灵魂的怪圈，我渴望有一个地方，在死后收纳这具空荡的皮囊。那里有阳光，有鲜花，有泉水，有清澈的空气。

他吃惊这些谵妄的字句，仿佛是一道道谶语，散发着死神的气息。

女粉丝

这年春天，岳廉收到女粉丝寄来的四封信。每封信，都用朱红色的火漆封缄，庄重又有情调，他知道里面写着什么，不愿打开。

然而迟早也是要打开的。自欺欺人不如坦然面对。这些信，让他心情沉重，仿佛背负了一笔情感的巨债。有时女粉丝也寄些别的，祛痘膏、洗面奶、笔记本，等等。信中叮嘱他按时吃饭，过好每天。字迹娟秀，仿佛还带着她的体温，倾诉着对他的思念。让他想起她丰满的臀，细长的眉眼，挑逗的嘴唇。

第一次见女粉丝，在他住处附近的漫咖啡，不咸不淡地聊了一个多小时，他礼貌地送她上了地铁，天气很冷，他以为再也不会见面。

然而第二次很快就来临，是个晚上，她主动找他喝酒。几瓶啤酒下去，身上燥热起来，有点烧心。他保持着警惕，隐约觉得，再往前一步，就是危险地带。在表达了自己态度后，女粉丝最终还是妥协了，放心，我不会纠缠你的，我知道你不会爱上我。就当是一场无须负责的性爱好了。于是他们有了第一次。

他厌憎着自己的情欲。情欲有时左右了他的头脑，让他失去冷静。

他知道这是个善良的女人。正因为这份善良,他不忍去伤害。他说，我们不可能在一起。隔着诸多的不匹配，以及他和顾烨还有段尚未了却的情缘。她摇摇头，说不在乎，愿意等。

女粉丝在某家央企，京漂多年。他写的文字，她都买来读了，并读得认真，自以为是最理解他的人。为此，他感到莫名的紧张。某天夜里，女粉丝突然说，知道吗？我害怕的不是你不爱我，而是某天你突然从这个世界消失。他的内心某处坚硬的壁垒突然坍塌了一角。愕然凝视她，觉得这个女人，并不是他想象的那么肤浅。

他的人生里，并没几次刻骨铭心的爱情。他总是拒绝着别人对他的爱。他渴望爱情，又害怕被人惦记。他生活在冷漠中，和人保持着礼貌的距离，又怀揣着一团火，试图寻觅黑夜里的知音。说到底，是个不甘安分又企图获得谅解的家伙。

然而这样的人，总能唤起某些女人的同情心，觉得不能辜负这傲娇的男人。她们怀着热情又肤浅、崇高又世俗的爱，企图挽救他，像挽救一个误入歧途的浪子。不免，被伤得遍体鳞伤。在她们眼里，他就像一个谜。她们不懂，他总是在对与错、好与坏之间，永远站在美好的对立面。他处过一些女孩，海归、富家女、高校教师，等等。最后都戛然而止。他讨厌归宿。一次次抛弃温暖的怀抱、舒适的生活，选择了逃离。

偶尔他也想起女粉丝。念及她的好。在他面前，她有着深深的自卑感。在她的信中，他为她的自卑感而道歉。然而他更忠实于内心的刻薄，甚至冷漠，收到她几封信，一封也没回复过。他想用冰冷去冻结她火烫的情感。他知道，这不是爱情。至少和顾烨相比，他一点也没爱过女粉丝。即使在一起，他也会出轨。但他也知道，选择女粉丝，以后的生活会很安定，幸福。然而，他宁愿选择一种不幸福的生活——来惩罚自己。他拉黑了她的微信、电话，搬了家，从她的世界彻底消失。

父亲

二〇一四年，对于史谦来说，是命运的转折之年。这年二月，东莞突然开始扫黄，势头之猛，超乎想象。之前火爆的酒店，一夜之间门可罗雀，纷纷关门大吉。不仅仅是酒店，整个制造业都在极盛而衰，人口红利消耗殆尽，工厂的成本水涨船高，都纷纷转往劳动力更廉价的越南和印尼。他的代工厂虽没首当其冲，但也受到大环境的影响，订单比往年要少了许多。惠州的工厂，已经连续几个月没接到大的订单了，苦苦坚持到八月份，关停了事。

这还仅仅是个开始。没过多久，随着越来越多的工厂倒闭，连他在东莞的代工厂也有风雨飘摇之感。他心力交瘁，亲自一个个地联系以前的客户，希望能及时补血，得到一笔稳固的订单。然而整个行业都不景气，如蝴蝶效应，垮掉一家，萧条一片，以前长期有稳定合作的客户如今也是自身难保。没了订单，意味着工厂失去血液，用不了两个月，就得关门大吉。那段时间，他睡得很少，心里装着一堆烦心事，整天为生意上的事奔波。然而大多数情况都是空忙一场，看不到什么起色。

他的赌运倒是异常好。有个晚上，他连续坐庄，在澳门赢了七十多万。这刺激了他，像黑暗中看到了一线曙光，赌瘾徒然大了许多，赌注下得也比以往任何时候都大。

以前的客户都没了音讯，以前一个和他合作过两年的台湾客户，却主动联系上他，说有笔订单，价钱好商量，但赶急，只有一个月时间，问他有没有兴趣。是笔大订单，如雪中送炭，他想无论如何也要接下这笔生意。

前天晚上他却喝了个烂醉，凌晨两点，朋友才把他从酒吧扶回家。第二天，本可以派司机接机的，他却执意要亲自去。结果从机场回酒店的高速公路上，错过了高速分岔口，打方向盘强行右拐，车子瞬时失控，结结实实朝人字形的护栏撞去。护栏不久前刚经历过一场车祸，还没来得及换新，有一截是突出的，直接穿透挡风玻璃，插入客户身体。连抢救都省了，当场殒命。

那算得上他人生最灰暗的记忆了。很长一段时间，他不敢开车，不敢握方向盘，不敢回忆。他曾目睹过多次死亡，唯独这次，和他紧密相关，是他一手导致。

如果不是走神，他相信悲剧完全可以避免。走神跟儿子有关。

但没人理解这层隐秘的委屈。从机场回酒店的高速公路上，一条无关紧要的微信激活了他的手机屏幕。屏保设置的是一张儿子的照片，牛顿伸着小手儿，坐在草坪上，朝他甜甜地笑。他望着照片愣了一会儿。短暂的几秒里，他看见死神朝他呼啸而来，又狞笑而去。

从儿子出生那天起，他坚持每个礼拜给儿子拍张照片。隔上一段时间，他会整理出一批照片，做成幻灯片。时间中的孩子，胚芽似的生长。那时候他觉得这份坚持是值得的。看儿子一天天健康成长，他感受到做父亲的快乐。草坪上那张照片，是春天郊游时拍的。是他从众多照片中挑选出来最为得意的一张。他们说牛顿的神态像极了史谦。儿子平时很依恋他，一家三口出去玩，都喜欢他抱着。儿子性子烈，哭劲大，有时一口气能哭上个把小时，谁哄都不起作用。那时全家都看他的了，他抱起儿子，举过头顶，看着他的眼，柔声说，牛顿，乖，不哭了，爸爸抱。他举起又放下，反复几下，儿子哭声果然止住了，破涕为笑，喊，爸爸……爸爸……

从儿子牙牙学语，开口的第一句话，喊的就是爸爸。他还记得那天，坐在婴儿床旁，看儿子像个小皮球似的在里面乱弹，朝他伸出小手，突然喊，爸爸……爸爸……他抱起他，闻着婴儿的乳香，无形中被一股特别的力量攫取，他蹭了蹭儿子的小脸蛋，喃喃叫了声儿子，鼻子一酸，眼泪忍不住就下来了。他们说，牛顿像他，比母亲都亲近，很少见。他为此骄傲。再苦再累，回到家抱起儿子，听儿子嗲声叫爸爸的那刻，他觉得一切都是值得的。

他把那张最得意的照片设置成屏保。看到儿子的笑容，最大的烦恼也烟消云散了。有时他甚至认真想过，要原谅她。只要她肯回心转意，看在孩子的分上，就当什么也没发生。想，漫长的婚姻，谁没点委屈，谁没经历点波折，谁没忍受点耻辱，但日子总还要过下去。但那天的机场高速公路上，儿子的照片失去了往常的作用，反而激起了他强烈的妒意。透过孩子天真无邪的笑容，他仿佛看到背后那一张张充满讽刺的脸。

这顶绿帽子戴到何时是个头?

几天前，经过一番犹豫，他最终动摇了，悄悄抱了孩子去了医院。他从没怀疑过儿子。也没勇气去怀疑。但他渴望确定，以此彻底打消心中的疑虑。抱着这种心态，他和儿子在医院做了血缘鉴定。他手里虽然掌握着大量对顾烨不利的证据，足以使她身败名裂，但为了给孩子一个完整的家，一个快乐的童年，他默默忍了。

医生递给他检测结果时，神情复杂，口吻带着一丝怜悯。说，这年头，像你这样的情况不是一两个了，想开点。他接过检测书，检测表明，孩子和他没有任何的血缘关系。薄薄的一张纸，他有些接不住，眼前的每个字都在舞蹈。他仍不失礼貌地和医生道了谢，轻轻拉上门，长长的走廊，沉缓的脚步声，像人生某些瞬间，失神，陌生，躁郁，不安。

他坐在公园的长椅上，抽烟，想了很久。从医院出来那刻，他就下了决心。管他是天才作家还是黑社会老大，这口气必须要出。儿子是他的底牌。如今底牌揭晓，他便不再有任何顾虑。来个鱼死网破也在所不惜。

上午的阳光透过叶隙，射出道道金光，刺得头皮发麻。他直视着太阳，久久不闭眼，阳光灼痛了他的眼，让他流了泪。牛顿乌溜溜的大眼睛望着他，说爸爸，你怎么哭啦？他百感交集地瞟了眼儿子，想，以后我就不是你爸爸，你也不是我儿子了。牛顿伸手要抱，小手拍着他的脸，说爸爸不哭了，我们去玩吧。他泛红着眼，亲了亲牛顿脸蛋，说好，爸爸带你去玩。

车祸发生的那个上午，下了场细雨，万物灰蒙，高速公路却罕见地畅通着，车流疾驰，在轮胎碾过雨水发出嘶嘶的噪音中，他陷入了短暂的恍惚。想起和儿子在隔壁市的公园度过的那个漫长而煎熬的下午。儿子和他好，买个冰激凌，都一定要他先尝一口。儿子坐在旋转木马上，咯咯咯地笑，望着他，喊爸爸，爸爸，你也来玩。呼喊声时而遥远，时而清晰，他的目光不忍离开儿子，一圈圈地跟着他转，心都要碎了。儿子的衣兜里塞着一张纸条，上面写有儿子的年龄和姓名。他强忍着泪水，狠心走出了公园，将儿子留给了旋转的木马，留给了身后那个让人头晕目眩的世界。想，儿子将来长大，还会记得曾经有他这么个父亲吗？会记得狠心抛弃他的这一幕吗?

他尚未走出公园门口就后悔了。一个小男孩手里抓着风筝，哭喊着朝他这边跑来，喊着爸爸，爸爸，你在哪儿?！孩子的呼喊一下抓住了他。他一下明白过来，如果这样放手，他一生都不能原谅自己。他快步返回，朝旋转木马奔去。木马已经停了，儿子依然坐在上面，委屈地哭喊，说爸爸，你刚去哪儿了?他悲喜交集，向前一把抱着儿子，亲着他满是泪痕的小脸蛋，说对不起，爸爸回来了！爸爸发誓，再也不会离开你!

他决定回家就和她摊牌，将一切挑明了说。他要盯着她的眼睛，一字一句说出这些，看一看她的反应。然而死神却绕前一步，破坏了他的计划。车祸发生得太快，他没来得及做任何反应,听到砰的一声巨响,车子已经撞上了护栏。巨大的反作用力下，他一下被撞晕过去。等清醒过来时，感到胸口一阵钝痛，意识模糊，抬眼看时，惊悚地发现挡风玻璃撕开了一道口子，一截护栏刺入车内，客户正偏着脑袋，搭在安全气囊上，一脸的血，望着他，满眼透着惊悸和怨恨。

客户临死前的模样在他心中留下了不可磨灭的阴影。那眼神充满不甘和不解，散发着死亡的寒意。

官司打下来，他的全责。几番折腾，筋疲力尽，最后赔了三百万才息事宁人。

那正是他最缺钱的时候。赚钱快的那些年，他以为全世界都不在话下。从不觉得钱有多重要，甚至不喜欢谈起钱的话题，觉得庸俗。如今捉襟见肘，才体会到人一旦没了钱，就没了底气，没了尊严，什么都没了。

为了维持工厂的日常周转，他不得不转卖了在海南的一套带泳池的别墅，稍微喘了口气。然而霉神似有意试探他的耐心，整日如影相随，像紧跟在屁股后的疯狗，怎么也甩不掉。在他焦头烂额处理车祸期间，公司又出了篓子。

一个湖南伢子，才十九岁，某天中午，突然暴死在他的工厂里。没外伤，也不是自杀。死得突然，没任何预兆。目击整个过程的工友说，伢子去上洗手间，还在和工友们开着玩笑，起身没走几步，一头栽倒在地，再没醒来。

湖南伢子是家中独苗，老家浩浩荡荡来了二十来号人，将他的工厂变成了殡仪馆。花圈香纸蜡烛遗像摆满一地，哭声震天，闻者恻然，一个星期，工厂都没法开工，订单眼看要延期交付，他只得割肉，反复谈判，好说歹说，最后赔了八十多万了事。这笔钱如釜底抽薪，抽掉了他最后的底气。他的工厂从此再没回春过，急转直下，挺了没到两个月就关了。

六月份，他转让了餐厅的所有股份。餐厅是他东山再起的资本，同学对此感到愕然。他用这笔钱，以女儿的户名，替她在武汉买了一套商品房，当她以后成家的婚房。剩下的三十万，他决定拿去澳门豪赌一把。他想成败在此一举。整整两天两夜，他没出过酒店的门。开始，他手气很旺，一口气赢了六十来万。他不是不懂见好就收，只是这些年，失去的东西太多，让他失去了理智，想在赌桌上全赢回来。接下来的一天里，他一直输，连带来的本钱也全部输光，还倒欠了一百多万的高利贷。他输红了眼，输掉了人生最后一张底牌。糟糕的手气如一记记闷棍，敲得他半天作不出声。

他不是信徒，人生陷入真正的绝境时，也不免开始怀疑和动摇，运气一旦开始和自己作对，连上帝都帮不了自己。走出赌场的那刻，他脑海里只有一个念头，那就是去死。晨光微熹中，死神仿佛是久别重逢的故友，站在对面的街头，隔着川流不息的车流，朝他招手致意。

夜里十一点多钟，他第一次接到女儿主动发来的短信。他猜她在校园某处僻静的角落给他发的信息。爸爸，再过些天，我就要硕士毕业了。我想和同学一起去欧洲参加毕业旅行。毕业后，我还不确定做什么，也许考博，也许出国。他能感受女儿的迷茫和焦急。她似乎也知道了他最近过得不顺，说爸爸，上次见面，看你气色不大好，像有什么心事。这些年，我也不知道你是怎么过来的，也许你过得很好，也许不尽如人意。但这些都不重要。你要好好保重。很长一段时间，我都恨你，恨你的自私和虚伪，毁掉了我们家，毁掉了所有的幸福……但是我还是很怀念小时候，周末你带我和妈妈去海边的情景，我骑着你的肩，温暖的海风吹着我们，远处停泊着巨轮，发出悠长的汽笛。每当想起这些，我心情总是很复杂。上回在深圳宝安机场，我刚过安检，突然听见机场广播你的名字，催促你尽快登机。我预感广播催促的那个名叫史谦的旅客就是你。我四处张望,想从人群中寻找到你的身影。我找了很久，筋疲力尽，直到广播停止，也没找到你。爸爸，我想你了。你要坚强。

他握着手机，顿时泪如雨下。

报复

小耿是山穷水尽之时，才给老板打的电话。翻车后，他一直过着东躲西藏的生活，担心已经被警察盯上，不敢进厂，也不敢和家人联系。他买了个假身份证，化名张小华，用的是最老款的诺基亚，办了张无需身份证登记的手机卡，流窜于各个工地，靠打零工过活。每个工地都不敢久待，一两个月换个地方。最怕碰见警察。有回工地进来一辆警车，他正在八层的脚手架上，听见警笛，心脏一阵狂跳，以为抓捕他来了，脚下一软，差点一个跟头栽下去。旁边眼疾手快的老师傅一把拽住他，朝他吼，开什么小差啊，卵毛还没长齐呢，就这么摔死了，亏不亏啊？他清醒过来，也吓出一身冷汗。

那是一段度日如年的时间。吃不好睡不好，经常噩梦连连。

梦见警察悄悄摸上来，几个人将他死死摁在地上，像电视里那样，背着手，戴上手铐，抓着脖子，一把塞进囚车。梦见死去的女人，一脸的血，幽怨地盯着他，疯狂地扑过来，向他索命。有几回，他实在忍受不了心灵的折磨，一口气爬到刚封顶的楼台，站在三十二层的水泥台上，闭上眼，一心想扑下去。扑下去，就一了百了了，谁也不欠。那一刻心中滑过无数道糟糕的念想，想起父母，想起才刚刚绽放的年华，想起曾经许下的美好愿望，如今都要和他们永别，画上句号，禁不住号啕大哭。他做梦也没想到，他竟会沦落到这一步，前方已然走投无路，只能在楼顶画地为牢。一边疯狂寻求解脱，又一次次败在怯懦的脚下。他懊悔至极。

他冒险用公用电话给家里打过一回电话。确定是他的声音后，母亲顿时就哭了，哽咽着，几乎说不出话来。他问家里情况怎样了，父亲的身体好些没有，母亲止住哭声，说去年年底，家里陆续来了两拨警察，都是问你情况的，伢子，你怎么干这种伤天害理的事啊，你父亲知道了，气得下不了床，造孽啊！你赶紧回来自首吧，警察说了，那个女人没死，念你是初犯，自首的话，可以争取从轻发落，你还年轻，没成家呢，东藏西躲的，何时是个头啊？家人整天为你担惊受怕，这么长时间，一个音讯也没有，都不知道你死活，你让爸妈怎么放心？

他在电话这头默默擦泪，说知道了，妈，您多保重，照顾好爸，我挣到钱就回来。

他不懂砌墙，也不会搞装修，只能在工地做点小工，赚不了几个钱。两年前，长沙到处张贴着周克华的通缉令。铺天盖地，每个角落都贴了。时隔两年，周克华已经被击毙，但有些偏僻的角落，通缉令仍然没撕去。他望着电线杆上的通缉令，陷入沉思，想要不要去自首。犯了这么大的事，他们真的会从轻发落吗？有几次他都在去警局的路上了，走到门口，又犹豫起来。坦白从宽，牢底坐穿；抗拒从严，回家过年。他想，这不是明摆着自投罗网吗？

他在工地都干不长久，顶多两个月。他担心和身边的人熟悉后，暴露身份。雨天没法干活，工友们聚在活动房打牌，吹牛，喝啤酒，聊女人，借此来消磨时间。他们叫他，小华，过来一起玩，他摇摇头说不会这些。他习惯独来独往，从不参与他们的活动。大家都觉得他太沉默，内敛，性格有些古怪，不易近人。别的工友，都有老乡和亲友，唯独他孤零零一人，谁都不晓得他的来历。

他知道再这么下去，也不是条路子，被抓是迟早的事。

一天中午，他去小卖部买生活用品，回工地，工友正好出来，朝他招招手说，小华，你是华容那边的啊？他问怎么了，工友说你两个老乡来找你呢，伸手指了指，他果然看见两个陌生的男子，站在二层的活动房门口，正在和工友了解什么。他心里正纳闷，他们是谁，怎么知道他老家是哪儿的，又怎么知道他在工地？犹豫间，无意间瞥见工地角落正停着一辆警车，他一下恍悟过来，来的是两个便衣警察，逮他来了，在工友诧异的目光中，他拔腿就跑。

他只带了点零钱，所有的东西都放在宿舍，没办法拿出来。他在天马山的坟茔里，躲了两天，不敢下山。此时已经穷途末路，没了什么选择，他只能找个人赌一把运气。

他自然想起史老板。老板是好人，也是他贵人。他认识的人里，有能力帮他的，也只有老板。被洞庭鱼馆辞退后，他一直记着老板的手机号码。他相信宿命，打这个电话就是他的宿命。时隔这么久，老板依然记得他。老板在电话里叫他小耿的时候，他心里淌过一阵暖流。老板说有什么事？他犹犹豫豫地说了一通，意思是没钱了，能不能借点钱，以解燃眉之急。老板并没直接拒绝，只说现在开会，等会儿给你回过来。

那天他惴惴不安地等老板的电话，手机一直没响。过了两天，老板仿佛才想起，给他打来电话，说那天太忙，不好意思，忘了回电话过来了。问还在长沙吗？他说在的。老板说，我记得你好像是岳阳那边的人。他说是的。老板说，你对洞庭湖这一带应该蛮熟悉吧？他说从小湖边长大的。老板在那头沉默了一会儿。他以为接下来要谈借钱的事了，老板却换了话题，转问他父亲身体怎样了。他很感动，老板竟然还牵挂着父亲的病情。他想起那年除夕，老板私人多给的那份红包，心头顿时一热。他说父亲依然靠透析在维持，医生催做手术，但家里连透析的钱都拿不出了，为给父亲治病，亲戚都借了个遍。老板问做手术大概需要多少钱？他说至少要个二三十万吧。其实他也不知道。二三十万和五六十万，在他看来都一样，反正都拿不出。老板没再说什么，让他有空见个面，喝杯茶。

他高兴地答应了。

他们约在一家茶楼见的面。在去见老板的路上，他找了个公用洗手间，认真洗了把脸。包厢烟雾缭绕，他看到烟灰缸里躺着几只烟蒂，想必老板已到了很久。老板比以前憔悴了些，穿着一条皱巴巴的休闲裤，眉头紧锁，像有心事。

老板没说借钱的事，先讲自己。叹气说最近遇到了点麻烦事，找外人信不过，刚好就想起你。小耿说什么事呢？老板沉吟一下，盯着他的眼睛，说，当年我对你怎么样，你心里总该晓得。他说是的，您是我恩人。老板又是一声叹息，说这事有点棘手，和别人没法说，望了他一眼，像下定了决心，说，你值得我信任吗？小耿愣了一愣，说您遇到什么事了，只要我能帮得上忙的，我一定义不容辞。老板又深深朝他望一眼，说也没大事，帮一个朋友了难点事。朋友做生意，很辛苦，操持一家人的生计，忙里忙外的，活得不容易。没想到妻子吃里扒外的，和一个小青年好上了。总之是面子上的事而已，但欺负到头上来了，朋友就想出口气。人活一张脸，树活一张皮嘛，你说是不是？该不该教训？他忙点点头，说是的，的确过分。老板就拍拍他的肩，说朋友找我帮忙，我想来想去，觉得你最可靠，你要肯帮我这个忙，我代朋友谢谢你。小耿说，应该的。老板说，我记得你会开车？他说开过家里的小四轮，其他车没试过。老板说，都一样，会开小四轮，其他车也一样会开。老板没再说其他的。他不知道老板到底要他干什么，老板不说，他便不问。老板走时给他五千，用牛皮纸信封装着，让他先拿着花，以后有困难直接和他说就是。其时，他兜里只剩最后五块钱，穷得快没钱吃饭了。这几个月来，他担惊受怕，也不敢给家人打电话，一听见警笛就心跳加速，这笔钱算是续命钱。这五千块钱，于他而言，无疑是雪中送炭。他想老板果然是他的贵人。

他在足浴中心耐心等待老板的召唤。

一个星期后，老板再次约他在茶馆见面。老板这次把事情挑明了，要他去教训那个青年，给他点颜色，最好能从他身上拿点东西下来，让他终生难忘。从老板愤懑的目光中，他明白自己要干的是什么事了。老板暗示事成后，一定不会亏待他。

他看了那人照片，约莫三十，长相清瘦，戴着一顶鸭舌帽。老板说，认准人，这人叫岳廉，别搞错了。他不知道这人是和老板有过节还是和老板朋友有过节，总之惹老板生气了。到底从他身上取什么，首级还是耳朵，手指还是睾丸？老板没细说，只点到为止，他也不便细问。老板只说面子上的事，代朋友出口恶气，让他不要细究。老板是谦和的人，想来是愤怒到了极点才走这一步。他到底好奇，但老板让他不要多问，他便不作声。

想了一宿，他答应老板去办这事。按照约定，老板事前给了他两万块钱的预订金，为了方便，还给他安排了辆套牌车。他的目标，会在老板告知的时间地点出现。一切只需按照老板的要求，将目标弄到车上，再拉到湖区僻静的地点，再等老板新的指令即可。

只要不是杀人的事，他就觉得这笔生意值得冒险。老板生意做得大，出手又大方，事情干得漂亮，老板满意了，不仅能拿到救父亲的钱，说不定还有额外的奖励。何况这事搭上父亲，硬着头皮也得做了。小时候，父亲对他的宠爱要远胜于姐姐。他不爱吃猪肉，父亲舍得花高两倍的价钱去割牛肉给他吃。他永远记得深夜感冒发烧父亲背他找赤脚医生的情景。父亲的后背宽厚温暖，像座大山。要是能救父亲，即使杀个人，他也愿意。他以前很怕血，见到血就犯晕，自从去年底从湛江回来，他便不再怕血了。

车是提前准备的，一辆二手起亚轿车，已加满了油。他去五金店，分批买回绳索、手套、电工胶、锤子。又去超市买了墨镜、鸭舌帽、手电筒、口罩和一些生活用品和零食。出发前，他用公用电话给家里拨了个电话，几个月来，他第二次听见母亲的声音。她问这么久怎么连个音讯都没有。他沉默数秒，说不要担心他，问父亲的身体怎样了？母亲说很好，父亲很想他，催他早点回来。他说快了，等忙完手头的活就回来。父亲呢，我想和他说说话。母亲说，他身体不舒服，早已休息了。问他在做什么活，他一时语塞，说一两句话讲不清，回来再说。母亲就说，前些日子又有警察上门来找他，说一旦有你的消息就要告诉他们。他说不要理他们，别和人说我联系过你们。

挂完电话，他就觉得有些不妙。父亲的病是尿毒症，怎么会很好？他真的睡了吗？母亲的话让他起了疑心。他想办完这事，无论如何也得回家看一看了。

旅行

他很少和她谈生意上的事。在他看来，那是男人的事。唯独一次，是惠州工厂倒闭时，他严肃地跟她商量了一次。他说工厂发不出工资了，要卖掉海南的那套别墅。那是他们度假的房子。每年冬天，她都会在那儿住上一段时间，度过年末最寒冷的月份。她知道他的性格，不到万不得已，是不会这样做的。一旦做出的决定，便不轻易改变。这么多年的商海沉浮，他已经习惯了打胜仗，如今四面楚歌，英雄末路，她不情愿也只得同意。

这一年，他酒喝得凶起来。每天很晚才回。隔着很远，她都能闻到刺鼻的酒味。回家醉醺醺地倒在床上，睡到中午才醒。醒来神情恍惚，目光空洞，望着吊灯发呆。对什么事都心不在焉。不喝酒时，他也睡得晚，通常已过凌晨两点，她发现书房的灯还亮着。他在书房抽烟，沉思，手中的书似乎从没翻过。她说睡不着吗？他点点头。她安慰几句，说生意上的事，谁都不是常胜将军，否极泰来，慢慢会好起来的。他说不是工厂的事，大环境都不好,生意他早看开了。她说那是什么事？他深深地望她一眼，叹了口气，说也没什么事，最近睡眠有些紊乱罢了，反正也睡不着，索性就看会儿书。

她回卧房时，他放下手中的书，突然说，顾烨，我要是哪天破产，一无所有了，你还跟我吗？是开玩笑的语气，但一定思考了很长时间。她戳在那儿，一时不知该怎样接招。她旋即噗的一声笑了，说你最近压力大，怎么净胡说八道，我不跟你跟谁啊，当然跟你啦！连她自己都觉得缺乏诚意，他听了却有些感动，说我怎么会破产，全东莞的工厂都倒闭了，我他妈也不会破产。睡吧，我也去睡了。

她已记不清上次他们做爱是什么时候的事了。人到中年，工作压力大，加之糟糕的睡眠，他看上去憔悴了很多。他们已经很长一段时间没有性生活了。他虽然大她二十岁,但一直注意锻炼，那方面的需求并不比年轻人差，总是孜孜不倦地向她索取，一度她甚至为餍足他蓬勃的性欲而感到疲惫。可这段日子，他对什么都提不起兴致。

有时他直接睡书房。两人在对方眼前都形同虚设，彼此都丧失了索取的兴趣。她到底感觉到了危机，晚上沐浴完毕，喷了香水，换上性感香艳的睡衣，故意在他眼前晃。他像浑然不觉，当她透明人，没半点要动她的意思。她一下泄了气，也觉得无趣，侧身躺在床上，装作睡了。心里生着闷气，又不好意思问。

一天晚上，他浑身酒气回到家，合衣倒在床上。她费了一番力气，才将他安顿下来。半夜，他酒醒，一阵窸窣，将手探入她睡衣，没有征得她同意，一把按在身下，粗鲁地对待她。黑暗中，她听见他一直喃喃自语，嘴里吐出连串“贱货”“婊子”“荡妇”的字眼。她深感惊讶。他从未在她面前说过如此粗鄙的字眼。很快，他从她身上翻了下来，房间又恢复了黑一般的寂静。没过多久，她听见一阵低沉的鼾声。她却再没睡着，心中回荡着刚才他说的那些让她面红耳赤的字眼，尤其当她意识到，他可能是故意借着酒劲羞辱她，顿时感觉四肢百骸一阵虚空。继而，恐慌和失措攫取了她。她恼羞地拧开床头灯，猛然瞥见男人正睁眼望着她。

“你没睡着？”

男人不置可否地嗯了一声，目光苍凉冰冷，透着一股看淡世间万物的倦怠。

第二天，两人谁也不提醉酒的事，像是小心翼翼回避着什么。

收到艳照的那一刻，她整个人都是蒙的，没法相信照片上的女人就是她自己。她不能原谅自己当时的神情，娇羞，暧昧，轻浮，放荡。它让她感到恶心。恶心自己怎么会如此愚蠢、犯贱，怎么能放任他拍照？不知道发照片的匿名者是谁。他怀揣什么目的？

为什么想要她知道？这张照片还发给了谁？她一脚踏入深渊，嗖嗖往下坠，在坠落的过程中，疯狂想抓点什么，却空无一物。她试图和匿名者联系，他给她发艳照，一定会有所图，然而和她想象的不一样，那边没一丝动静，连手机都成了空号。她考虑过是否报警。敲诈？勒索？报复？对方是谁？她怎么向警方解释？何况这事一传开，谁来承担责任，受害的只是自己。愤慨之下，她直奔北京，去找岳廉，向这个始作俑者讨个说法。

这事上，女人天生是受害者。他再如何解释，都挽回不了她被践踏的尊严。因为这张照片，他们的关系一度尴尬，坠入冰点。尽管他解释是无意行为，手机被人偷了，照片才泄露出去的。她气得直发抖，说你要不拍这些，什么烂事都不会发生，都怪你，都怪你！他认㞞，说都是我的错，怪我好了。但事情已经发生，说啥也没用，只能去面对，等我找出那个王八蛋，我非得整死他不可。

那段时间，她不敢在公众场合露面，连朋友邀请去看美术展，她都找借口拒绝了。她想他们要是也看了她的艳照，背后还不知怎么议论、中伤她。墙倒众人推，站在道德的制高点，谁都有资格朝她吐唾沫。她变得疑神疑鬼起来，和人聊天时，异常敏感，总觉得对方眼里暗藏着关于她的秘密。即使对方不经意间的一个眼神，也让她胡思乱想猜测半日。天晓得那个人还给多少人发了艳照，她想起艳照门沸沸扬扬那阵，她也是忍不住好奇心，想方设法搞到艳照照片，一窥究竟。她哪想到有一天，她也会成为艳照的受害者。

她不能去想这些东西。一想起，就会失眠，躁郁，发狂。分分钟能引爆。

她经常梦见一些面目模糊的男人；梦见自己在雪地，一丝不挂地奔跑，寒风彻骨，呼出团团白气，变成捉摸不透的疑云。疑云中伸出一只手，要来掐她的脖子。她从窒息中醒来，猛然发现史谦正靠着床，目光灼灼，已不知望了她多久。那目光让她感到悚然。她说你怎么还不睡？他说你做噩梦，把我吵醒了。语气冷然、寡淡，没有一丝温度。

一段时间，她的头发掉得厉害，连一向稳定的经期也出现了紊乱。每天早上梳头，地上都能扫出大把头发，乌黑一团，触目惊心。她去医院检查，具体也没查出什么原因，医生的解释模棱两可，说可能和情绪睡眠等都有关系。有天收拾书房，她偶然翻到一本岳廉的小说《捕蜂人》。不是岳廉送的那本。书压在一堆文件下，像有意不让别人发觉。她心如小鹿乱撞，他怎么知道岳廉？还特意买他的书？这些年，史谦忙于生意，一年都难得买几本书，何况岳廉那么个小众作家，史谦不大可能知道。她不敢开口问询，心里却倏然蒙上了一层阴影。

漫长的严冬，她的精神一直处于高度的敏感和紧张状态。直到春天，紫玉兰怒放的时候，有关她的闲言碎语日渐停息下来，史谦也没什么异常，她才暗自松了口气。

他也喜欢春天，某天难得雅兴，两人在家煮茶闲聊，就聊到西藏，聊起林芝的桃花。她看过他拍的林芝桃花盛开的照片，漫山遍野，醉霞绯云，恍如仙境。他说有段时间没去西藏了，等忙完这段时间，我们再去一趟吧。她不置可否地嗯了一声。她不像史谦，有西藏情结，提到西藏，眼睛就发亮。藏区紫外线强，风沙大，再好的防晒霜也不顶用。她每次去，皮肤都要粗糙一回。何况还有头痛欲裂的“高反”。

换往常，他一个人也就去了。然而这次他非要顾烨一同去不可。他故作惊讶的样子，提到了盐井。说都七年没回过盐井了，时间过得好快啊。她随声附和了一句，说是太快了。我最近老是梦见那个教堂，梦见七年前我们在那相遇的情景。他寻着她躲闪的目光，说还记得那个天主教堂吗？她说记得啊。他沉默了一会儿，说，一晃七年就过去了，我总有种错觉，仿佛我们还在教堂，在教堂的长椅上，我坐在你身后，看你哭得那么伤心，我不知道什么事让你如此难过……好奇和冲动之下，就在你身旁坐了下来……顾烨，我很喜欢那时的你……有梦想，有信念，也很纯粹……她听了有些不自在，觉得他的话里有话，赶紧将话题引开。

预感到这不是一趟轻松愉快的旅程，她找了各种借口拖延。比方说春天那边太冷，她对花粉过敏；孩子太小，出去时间长，放心不下。她说的这些理由，他都没反驳，有一段时间，再没提过去西藏的事。她暗自庆幸，以为他断了念想。到了七月份，两个工厂都已倒闭，他将厂房转租，卖了设备，彻底不干这行了。持续高温天气，酷热难当，他又说起了去西藏的事，有些焦急的样子，说不能再拖了，太热了，那边凉快，尽早出发吧。她还想拿孩子当挡箭牌，他说牛顿先带他回湖南老家，让他爷爷奶奶帮带一段时间。史谦老家在湖南湘潭，父母大多时间住湘潭。她说公婆年龄也大了，恐怕带不来。他有些不悦，说那你把孩子一起带西藏去吧！见他脸色阴沉，她不好再坚持。

一天她回家，发现儿子不见了。给史谦打电话，他说带儿子去湘潭了。她惊诧不解，说你怎么连个招呼都不打就做了决定？两人在电话里差点大吵起来。第二天他回来，说放心，爹妈会照顾好孩子的，他们一直牵挂着牛顿，很久没见了，这次见到孩子，都合不拢嘴。她心里不悦，有些不安，悄悄给他父母打电话，直到听到牛顿欢快的叫喊，她才稍稍放心。电话里儿子不停问爸爸妈妈什么时候过来呀？她让他听爷爷奶奶的话，等忙完这段时间就过来接他，给他买很多的玩具和零食。

青藏、滇藏、川藏、新藏线他们都走过。这次他说想去个新地方，去双湖无人区。她以前听他说过双湖，那是世界上最荒凉的地方，紧挨羌塘无人区，方圆两千多公里荒无人烟。她对无人区向来有些恐惧。大学期间，她看过电影《可可西里》，那个在荒漠中被流沙湮灭的男人在她心中留下了惊悚的一幕。在大自然面前，人实在太渺小了。她想不起来无人区有何好玩的。风景单调、枯燥，无非沙柳、骆驼刺、芨芨草、盐碱地、戈壁滩、湖泊、野生动物等。

但他喜欢这些。

他将双湖描述成野生动物的天堂。那里有他喜欢的藏羚羊、野牦牛、黄羊、雪豹、棕熊、旱獭、狼。他制订了详细的路线和计划，准备了高倍数望远镜和400mm的长焦镜头，并换了一套全新的固特异越野轮胎和备用避震器。他按部就班地准备着，神情肃穆，充满了仪式感。户外方面，他是老驴友了，进藏多次，前期工作从不需她来插手。她看着他一点点地完善计划，将登山包、帐篷、睡袋、防潮垫、摄影器材、氧气袋、干粮、饮料药品等一件件塞进后备箱，塞得严严实实。

他们计划从青藏线进，滇藏线出。

出发后，她就有些后悔了。这注定是一趟乏味的旅行。他戴着墨镜，脸上看不到任何表情，很少说话。她感受到了沉默背后的巨大压力。为了缓解氛围，一路上，她试着聊点什么，最近的电影、流量小鲜肉、红酒、股市，他显得心不在焉，但往往话题还没展开，三下两下就被他绕进了死胡同。

咸阳

车过咸阳，她想起栗子。好几年没见栗子了。她想这次无论如何也要见见栗子。她朋友不多，真能谈得来的朋友，栗子无疑是她最看重的一个。大学期间，她们就是最要好的朋友，毕业后，相距甚远，她们也一直保持着联系。栗子是陕西铜川人，毕业后嫁到了咸阳。她第一次去咸阳，就是参加栗子的婚礼。记忆中的咸阳，天空蓝得炫目，正是秋高气爽的季节。栗子就是在一年中最美的季节成婚的，婚礼办得很有排场，婚车是一辆崭新的劳斯莱斯幻影。对方家境殷实，父亲在神木有个煤矿，名下有十来处房产。她有些艳羡，想栗子以后的生活也该如那个季节一般美好吧。

栗子得知她要来，电话那头既惊又喜。她能想象栗子惊喜的样子，瞪着一双清澈无辜的大眼睛，萌萌的，永远一副与世无争的样子。她喜欢栗子也正如此。艳照传出去的那阵子，她精神压力巨大，不知道该找谁诉说，就想起栗子。失眠的深夜，她给栗子发微信，打电话，总是第一时间得到她的回复。栗子是她唯一可靠的倾诉对象。要不是栗子，她还不知道该怎样度过那段暗无天日的日子。

一晃几年过去了，记忆中的湛蓝的天空不见了。天气干热，车窗外一片灰黄，橘红色的太阳隐没其间，看上去更像北方的冬日。咸阳在她的记忆中一点点地陌生起来。

下了高速，太阳还老高，看表才下午四点半钟。她让栗子发个定位，栗子说远道而来，久别重逢，执意要来亲自迎接。她没办法，只好停了车，在收费站出口等。这一等，时间就很长，等到日头西沉，栗子也没个影儿。史谦下了车，站在阴影里抽烟，脚下已经横陈着七八个烟蒂了。他脸上明显挂着不耐烦的神色，说是你朋友吗？说半个小时就到，现在都几点了？她说可能堵车吧，她是我最好的朋友，不然也不会特意过来接。他没好气地说，咱又不是没车，又不是没进过城，小小的咸阳，告诉个地址，直接过去不就得了。她也焦躁起来，打电话催促，电话倒是通了，但栗子迟迟没接。等了近两个小时，太阳都快落山了，栗子才到。一个体格高大的男人开着一辆奔驰轿车过来了。栗子欢跃着从副驾下来，碎跑着向前和她拥抱，说路上堵车，手机落在家里，耽误了时间，连声说对不起。

站她面前的栗子显得几分面生，那个短发女孩不见了，取而代之的一头大波卷，再加上那副宽大的墨镜，大半张脸都被遮住了，她差点没认出来栗子。紧紧拥抱的时候，她才感到那个曾经无话不谈的闺蜜又回来了。栗子附在她耳边说无比盼望着她的到来，做梦都想。想死我了！她能听出她的真诚。虽然留了长发，化了精致的妆，身上多了份成熟女人的韵致，但栗子还是原来那个栗子，是那个和她曾经无话不谈的栗子。只是和以前那个天真活泼的女孩相比，显出几分忧郁。

见栗子第一眼，她就隐隐觉得哪儿不对了。她笑起来有些不自然，像强颜作笑，努力隐藏着什么。虽然戴着墨镜，依然能看见右边眉梢处有道尚未消退的青瘀。栗子下意识扶镜框的动作更加坚定了她的判断：栗子可能刚挨了打。她一下恍然大悟，为什么栗子迟到了。开车的男人已经下了车，穿着紧身的白色T恤衫，手臂和后颈处都文着身。头发顶尖处精心挑染了一咎白发。她只在NBA上见过如此粗壮结实的手臂。那块头可以去打橄榄球了。他们在那边寒暄，抽烟，聊汽车。她带着怜惜望向栗子，柔声问她还好吗？这目光让栗子显得有几分不自在，栗子的回答明显是故作轻松的，打了个哈哈，说很好啊，呃，我换了个男人，已经是几年前的事了。这么重要的事你怎么都不告诉我？她的语气带着几分埋怨和心疼。栗子说，也不是啥光彩的事，再说现在离婚也不算什么事嘛,就没和你讲。现在过得怎么样?她问。很好的,给他生了个孩子,生活不就这样嘛,还能怎样?

以前栗子不是这样的,像匹小野马,无拘无束,银铃般的笑声是她的标配,经常整个宿舍楼道都回荡着她的笑声。她想问她脸上的伤,想了想,最终忍住没问。她反倒担心栗子摘下墨镜的样子了。她害怕那刺目的事实。

栗子夫妇开车在前面引路,他们跟随其后。史谦说,你那朋友是做什么的?她说,以前做会计,后来在家做专职太太。那她爱人呢?她犹豫了一下,说她爱人干什么的没问过。史谦便不再问下去,一路跟在奔驰车后。相比湿润的南方,这儿明显干燥很多。她往脸上补了水,说怎么对栗子爱人感兴趣了?史谦说,他后颈处的文身,我在美国看到过。那又怎样呢?她说。你不懂,这个图案不是一般人敢文的,那是黑手党的文身,只有加入组织才有资格文的。史谦说。这是中国啊,文了也没人认识。她说。他便冷笑,也多亏他在国内,他要不是黑手党,在国外肯定会被一顿痛殴。说不定人家就是黑手党的呢!她赌气道。史谦便沉默了。

晚上栗子夫妇请他们吃当地的烤羊排,喝啤酒。其间聊起彼此的工作,她才晓得栗子的老公叫苏阳,咸阳本地人,经营小饰品批发,这几年生意做得不错,整个咸阳的小饰品都在他那儿批发。在她看来,他不像商人,倒更像在黑道混的。他身上带着一股强大的气场，她几乎不敢和他对视。

他们本订好外面的酒店，但栗子坚持让他们住家里。栗子说多年没见了，明天就要走，留下来好好地叙叙旧吧。栗子的表情不像客套，而是带着几分哀求，她晓得栗子有心事，就答应下来，让史谦退了酒店预订的房间。

晚上就住栗子家。两百多平米的复式公寓房，地中海式装修风格，收拾得整整齐齐。蔚蓝色沙发墙上挂着一幅她女儿小白的照片，小女孩六岁，戴着小草帽，坐在草地上，露出一抹天真无邪的笑。她说怎么没见你女儿？栗子说暑假被她爷爷奶奶接过去了。

苏阳泡好茶，围着茶几坐了，开始和史谦聊摄影和汽车、摩托和 66 号公路。那都是男人的话题。客厅墙上挂着几幅醒目的照片，穿着机车皮夹克的苏阳跨在一辆锃亮的哈雷摩托上，朝镜头摆了一个手枪状的姿势。

聊到机车，苏阳双眼放光，他对机车有着超乎寻常的热爱。他说玩机车有十多年了，最疯狂的时候，手里有十来辆顶级机车。杜卡迪、宝马、哈雷、川崎……前些年转手几辆，目前保留下来一辆杜卡迪和两辆哈雷。看得出来栗子很不赞成他玩这些。玩机车风险大，成本高，一辆杜卡迪没个三十来万，根本玩不下来。加上改装，后期维护，费用惊人。栗子抱怨说这些年他赚的钱，都投在了这些玩意儿上面了，还成立车队，一年四季跑，一晃就没了人影，家里一堆事全撂给我。都做父亲的人了，没见过谁还玩弄这些的。苏阳的脸一下就拉下来了，说史谦兄你来评评理，谁说做父亲就不能玩机车了？栗子说，你还记得你那膝盖怎么摔的了吗？和他一起玩的人，已经废了两个了，一个掉下悬崖，车毁人亡，一个至今还在床上躺着呢。你要有个什么差错，让我和小白怎么办？苏阳不响，低头抽烟，饮茶。看栗子还要说，史谦赶紧给顾烨丢了个眼色，顾烨便拉起栗子，说你带我参观参观你的房子吧，我还是第一次来呢。

栗子领她进了楼上的书房，关上门，开了瓶红酒，碰了碰杯，相视笑了笑，栗子的眼泪就下来了。仿佛忍了许久，眼泪像决堤之水，汹涌不止，顾烨轻声安抚，用手轻搂着她的肩头。

我担心他迟早会死在这上面。我有种不祥的预感。玩水的死水里，玩车的死车上。死了也好，我也解脱了，他脾气很暴躁，你们不在，我不敢说的，这几年我们经常吵架……

有些事，电话里没法说，大家都以为我这些年过得很好，我也假装过得很好。这些事情怎么说得出口呢？第一个男人，你见过的，白白净净，很斯文，说话轻言细语，待人接物，有板有眼，挑不出什么毛病对吧？为什么离婚，你晓得吗？顾烨摇摇头，怔怔望着栗子，待她将半杯红酒一口干完，幽幽叹口气接着说，富家公子，有钱有闲，长得又招人喜欢，他真有点花花草草，我也忍了……可他妈的他只爱搞男人，不对，是被男人搞。栗子脸上倏忽露出一抹复杂的笑容，你说，遇到这样的男人，谁受得了？后来我才知道他找我的原因，在他眼里，我只是一个身份，一个符号，一个摆设。后来他竟敢明目张胆带男人回来，当我透明人似的。这段婚姻也就到了终点。我现在看到街上那些娘炮就犯恶心，发誓一定要找个阳光威武点的男人……

顾烨忽感一阵椎心的痛，说今天苏阳是不是打你了？栗子怔了下，眼神闪过一丝慌乱，很快镇定下来，摇头说没有的事。顾烨说，你不要骗我了，要不是，你眉梢上的青瘀怎么来的？栗子说，那是不小心被车门给撞的。顾烨追着这事不放，说你要是真的觉得这日子没法过，大胆向前走，还有我呢！栗子无力笑了笑，紧紧握住她手，说谢谢你，顾烨，你一直是我最好的朋友。可我舍不得我女儿。我走女儿肯定受苦。那就带女儿一块儿走吧，顾烨说。栗子猛地摇了摇头，直直地望着她说，他不会让我带走女儿的。要能带走女儿，我早就走了。悄悄带走呢？她建议说。那更不行，他抓到非打死我不可。你不知道，他本事大着呢，这边的黑白两道都买他账，以前咸阳做小饰品批发生意的有好几家，后来就只剩他在做了。他要做什么，其他人就甭想插手了。顾烨说，我看他第一眼就觉得不是啥好人，你当初看走眼了啊！栗子默默地流泪，说，我已经厌倦了这一切，要不是女儿，我早就解脱了……

栗子脱掉上衣，给她展示乳房和脊背上那道道触目惊心的伤，说，他高兴的时候打，不高兴的时候也打，他就喜欢这样。她不敢相信这是真的，惊颤着说，怎么能这样……你这些年怎么挺过来的……她抱住栗子，心疼得直掉泪。为什么不报警，或找妇女组织？这是个人渣，你该去揭露他！栗子摇摇头，说没用的，以前都试过，他不怕，到头来受苦的反是我和女儿。我现在信佛，这边有个云麓寺，香火旺，很灵验，我每月都去一次。师父说就当这是冤孽，是宿命，是修行。我已经习惯了。

那一刻，除了紧紧抱住栗子，她脑海一片茫然。她眼前晃动的还是在宿舍楼道里唱孙燕姿的栗子，围着红围脖短发精灵的栗子，偶尔爱捉弄人的栗子，大大咧咧的栗子，然而，此刻，她拥抱的是伤痕累累面目全非的栗子。她蜷缩在她怀里，像只受惊的小动物。沉默好长一会儿，栗子轻轻挣脱出来，说傻瓜，不要为我担心了，我已经习惯这种生活了。你也好生保重，这些事都会过去的，世上没有过不了的坎……顾烨听完，只觉得鼻子发酸，眼泪情不自禁地往下掉。这眼泪不仅流给同病相怜的栗子，也为自己，为所有被男人伤害过的女人。她本来有很多话要和栗子倾诉的，关于自己，关于她和史谦，在栗子面前，这些话突然失去了分量，显得很轻很轻。

他们是第二天早上走的。在去往青藏线的路上，她给栗子发了一条短信，告诉她一定要坚强起来，她会想办法带她离开，去一个他永远找不到的地方。那个地方是她们的世外桃源。

幻象

从都兰到格尔木的沙漠公路上，史谦的车里一直回荡着歌手赵已然的《活在 1988》的旋律。那是几年前他被一个朋友拉去宋庄看画廊，晚上在一家寒酸的小酒吧里买的碟。歌手五十多岁的样子，一头潦草的长发，抱着把破吉他，坐在台上，看起来病恹恹的更像个流浪汉，或路边蹬三轮的，一阵风就能刮倒。他听说歌手以前是条精壮的汉子，害了场大病，躺在出租房等死，后来多亏了众筹，才把他从阎王爷那里抢了回来。潦倒的歌手现在又快穷得吃不上饭了，他的 CD 专辑就摆在台下，百十来张，一个晚上也没卖出几张。

车子朝柴达木沙漠的腹地驶入。从沙漠深处刮来的风，干燥，生硬，刮得脸痛。他已经记不清第几次穿越这个荒无人烟的沙漠了。放眼望去，除了广袤的大漠和茫茫戈壁滩，一个人影也没有。他就喜欢这种岑寂和孤独。爱往荒芜的边陲去。到了这儿，心里的杂念和烦恼就烟消云散了。年龄越长，他越看重这份岑寂，珍惜这份静穆。

很多人受不了这儿的孤寂和单调。孤独足以杀死时间。他们怀着好奇心和征服欲，开着高级越野车，走马观花一圈，便打道回府了。这趟藏区之旅对他们而言，不过人生的轨迹又多了一条酒后的谈资而已。只有他才是真正热爱这里的。每次深入广阔的西北腹地，他就按捺不住地激动。想哭，想喊，想大声号叫，甚至想脱光了衣服，赤条条地在千里无人烟的荒凉里撒野。在这儿，他才能感受到自己的存在。清楚他是为自己而活，为自由和理想而活。那些已经抛弃的梦想，在旷野的呼喊中，又一一被召唤回来。是无人区，让他重拾尊严，又做回自己的王。他就是那威风凛凛毫无顾忌的狮王，在这片广袤的领地，想怎样就怎样。做什么都没人管。怎么做都没人在乎。在这里，他感到浑身舒畅，通达，爽快。这是他锲而不舍一次次往藏区去的原因。每当忍受不了俗事的羁绊，他就发了疯似的往藏区跑。

此刻，那位歌手用嘶哑的嗓门吼：“……我知道你会对我朝朝暮暮，迎着秋风，我奔向归途……”声音嘶哑，美感全无，但直击心扉，听得史谦想流泪。

他想，这就是他们这代人的墓志铭。是他们白衣飘飘的八十年代，是他们这代人的青春，是他和汪灵的爱情，也是他早已丢失的理想。他记得歌手那天晚上唱完一首歌后，突然从台上站起来说道：“一九八八年，永远过去了，人类最后一个纯真年代。”

冲着这些话，他把那一摞 CD 掏钱全买了下来，赠给自己的朋友和客户。他们听完没两首，一脸的迷惑，说这唱的啥玩意儿啊？你怎么爱听这个？他不解释，笑笑。他想自己和那些穿西服打领结坐在老板椅上冷着脸训斥下属的人注定不是一伙的。

顾烨在副驾上昏昏欲睡。这千篇一律的单调风景丝毫勾不起她的兴趣。她熟睡的模样反使他安心。有一段时间，他在她的包里安装了微型窃听器，听她和青年作家幽会的声音。一度他沉浸在他们的世界。拉上窗帘，关掉所有的灯，戴上耳机，黑暗席卷一切，他置身于黑暗的中心，悉心聆听着偷情者的交谈。听他们呢喃，拥抱，插入，呻吟，高潮过后的叹息。他们偶尔也谈起他。谈起他近期的状况，畏惧又忌惮。有一次甚至策划着要一起私奔，跑得远远的，去世界的尽头，阿根廷乌斯怀亚，让他永远找不着。那个时候，他感到非常平静，仿佛他们议论的不是自己，而是一个和他毫无关联的陌生人。每当烦闷的时候，他就忍不住去听听，想象着女人躺在别人怀里的样子，心里奔涌着一股股复杂而奇妙的情绪。

他甚至对这位熟悉的陌生人产生了一丝同情和怜悯，怀着些许的幸灾乐祸，像观看连续剧一样，期待着最后高潮的到来。

高潮过后会是什么？他不想知道，也不敢去想。有那么一段时间，他厌倦了眼前的这一切，觉得死亡才是最高级的活法。他厌憎自己的平静和消沉，一遍遍地观看《洛奇》，想象自己是条永远打不倒的硬汉。

牧马人笔直地朝沙漠腹地驶入，气温高达五十多度。高温炙烤着柏油路，公路尽头始终有一团波纹状的幻影，明亮光滑，像刚下过雨，到了跟前又去了更远的前方。整个上午，他就追着前方的幻影跑，像夸父追日。中午停车小便的时候，他猛然发现公路侧方出现了大片浩瀚的水。水天一色，辽阔无边，他以为看花了眼，摘下墨镜，不敢相信眼睛。湖面波光粼粼，成群的水鸟盘旋，岸边绿树成荫，大片葱郁的树木在荒凉平坦的戈壁滩上形成一道壮观的森林屏障。

他叫醒顾烨。听到有湖泊，她睡意全无，也来了精神，问在哪儿呢？他指着那边，说看到了吗？大片的水域。一会儿，他听见她发出不可思议的惊呼和欢跃，怎么可能啊，这里怎么会有湖呢？

从高倍望远镜里望去，的确是个湖。微风习习，波浪轻卷，一群水鸟从湖面振翅而起，甚至能看清暗黄的鸭蹼，排成人字形往更远处飞去。仔细点听，似乎能听见成群的水鸟的嘶鸣。他知道柴达木盆地不可能出现湖。喜马拉雅山脉挡住了印度洋温暖气流的侵入，让这片广袤的土地变成荒凉干涸的不毛之地。他明白遇见传说中的海市蜃楼了。路过这儿多次，他也是头回看到这个。他从车上拿来三脚架，换上长焦镜头，支好三脚架，拍下这难得的奇妙景观。

顾烨坚信不是海市蜃楼。她把照片放大说，你瞧，有白色的浪花和沙滩，大使，我们开车去看看吧！他说这只是幻象，等他们过去了，会发现和眼前没有两样。怎么会是幻象，幻象会有飞的水鸟？你看还有船，有楼阁，上面还有游人。他说是啊，有没有熟悉的感觉？她愣了下，说什么意思？他说你不是说前面像个湖吗？像什么湖呢？洞庭？她带着几分不快，说，不晓得你在说啥，开过去看看呗。他于是将车开下路肩，朝海市蜃楼的方向开去。

那湖隐隐约约地浮现着，吊着他们的胃口。有时异常清晰，仿佛近在眼前，甚至能听见浪花拍岸的声音，有时踪影全无，一望无垠的戈壁滩上空空荡荡，连株骆驼刺都看不见。他们朝着那个虚妄的目标继续往前开。一直开了一个多小时，他瞄了眼油表，清醒过来，觉得她疯了，自己也疯了，明知那是海市蜃楼，是死亡之海，是人生的幻象，再开下去，油不够返程，必死在那里。他想象死时的场景，秃鹫在头顶盘旋，虎视眈眈，轮番俯冲，贪婪地啄着肉身。他忍不住打了个寒战。说返程吧，这是幻象，假的。这句话让她变得更加地固执，她执意向前，说不可能，反正是出来玩，不赶时间，管它前面是什么呢，去了再说。他突然失了耐心，冲她吼道，我说这是假的就是假的，都是幻象，你不信，你下车，自己去。她的脸色一下显得很难看，说假的又怎样，我偏就喜欢了。他忍不住反唇相讥，你想看湖是吧？去洞庭啊，那才是真正的湖，有山有水有人，可以让你去浪个够。这儿是戈壁滩，什么都没有！她捂着嘴，怔怔地望着他，像受到莫大的伤害，腾地下了车，深一脚浅一脚朝前方走去。他也生了气，猛打了把方向盘掉了头，轰了几脚油门，车轮扬起一阵黄沙。偌大的戈壁滩，一车一人，背道而驰着。她的身影在后视镜里越拉越远，渐渐变成一个小黑点，被漫天的黄沙吞噬。

受戮

最后一缕余晖被地平线没收，黑夜开始绵绵不断地分泌出浓稠的汁液，将红火的云、黛色的山脉、青色的草滩、灰白的羊群，统统摄入黑夜。堵车的长队绵延十几公里甚至更远，像条僵死的巨蟒，下午就没再动过。打听来的消息让人无比沮丧，据说前方隧道大面积塌方了。他明白塌方意味着什么。在这儿没个一两天根本疏通不了。她坐在车上玩手机，有了白天的不愉快，她冷着脸，不管他如何道歉，示好，都不作声。他最厌烦女人这样。他说我是担心油不够，这样冒险往戈壁深处开，等于找死。他又说，我不是很快就返回找你了吗，我怎么会把你丢在那儿呢！他说得越多，心里反而越虚。他不知道将她抛弃了多远，五公里，十公里？甚至更远。他不是没有起过一走了之的念头，在他掉头离去的瞬间，他掌控的不仅是方向盘，也是她的命。如果不返回接她，她必定死在戈壁滩上，成为秃鹫的晚餐。他到底不忍，起了恻隐之心，觉得如此仓促的告别过于野蛮残忍，又掉头去找她。她蹲在那儿，一直没动过，他一下车，她就冲他喊，史谦，你这个混蛋！我会恨你一辈子！

前方塌方的消息传来时，她终于说话了，我不想去了，我想牛顿，我要回家。声音很小，却笃定，透着一股子执拗劲。他没作声，抽烟，想着怎样收场。塌方的消息来得很及时。车流停滞，接下来的话题自然就和塌方有关了。他下车去打听一圈，说今晚估计是动不了了。前后都是车，一眼望不到头。密集的车灯汇成一条蜿蜒的灯河，在贫瘠的高原制造出一片繁华假象。她的懊丧写在脸上，没心思再玩手机，将目光伸向侧方的草原。他戴了鸭舌帽，套了件冲锋衣，下了车。夜风猎猎，沾肤生寒，风中夹杂着一股淡淡的青草和牛羊粪的味道。仰头望去，是浩繁的星辰，星大如斗，仿佛伸手可及。和寸草不生的柴达木盆地相比，这儿可称得上水草丰沛，六畜兴旺了。她在车里待得无聊，也裹了羽绒服，下来透气。他说，可能得在这儿过夜了。她望了眼长长的车流，沉默着沿公路往隧道方向走去。他去车上拿了一支强光手电筒，尾随其后。堵车的长度远远超乎他们的想象，走了几公里，还没看到头。这么长的车队，要到什么时候才能疏通啊？她终于说话了。挖掘机来就快了，他说。他们终于接近隧道口，看到出事的卡车，半截车厢被塌方的落石埋在隧道入口。空气中弥漫着一股血腥味儿。她皱着眉头问，闻到什么没？他吸溜了下，说可能有人受伤了。手电筒朝前方照去，公路前方豁然出现十几张血淋淋刚剥的羊皮。两个男人，依次从车上抱下受伤的绵羊，往公路边一处凸出的空地而去。空地成了临时屠宰场，一个穿着皮夹克的男子叼着烟，袖管高卷，手持利刃，正熟练地宰杀着羊。脚下的土地被血染红，浸泡得松软。一张张瓷白的羊皮铺在地上，甚是醒目，夜空中飘荡着一股浓烈的羊膻味儿。绵羊陆续被抱下来，温驯地走向屠宰场。车上的绵羊已然明白接下来将发生什么，瑟瑟发抖，发出阵阵揪心的哀鸣。她的手不知何时伸过来的，紧紧握着他的手心，颤抖着说，这些羊好可怜啊，为什么在这儿杀死它们？

司机神色沮丧，说从西宁拉了一车羊去拉萨，运气太糟糕了，遇到塌方，羊受了伤，没有办法了，死在路上也可惜，只好趁还活着宰了。她转过头，不忍目睹这一血腥的场面。说听到了吗，羊群在哭呢。咩咩咩，的确像婴儿的哭泣。剩下的绵羊此刻安静地挤作一团，他将手电筒扫过去，看见一双双泪光闪闪的眼，每只绵羊眼里都噙满泪珠。在宰羊人面前，没有哪只绵羊试图抵抗，它们在哭声中相互告别，踏过同类的血污，引颈走向受戮的刑场。

回走的路上，他心里还想着那群受戮的羊。想着羊流泪的眼。心里针扎一样。恍惚间，他自己也正伫立于羊群，俨然成为它们中的一员。曾经他认为自己是手持利刃的屠夫，此时却除了流泪，什么也做不了，一切都无能为力。

他说先在这儿凑合一晚吧。从车里拿了帐篷、睡袋和防潮垫，往路基下边的茫茫黑夜走去。有牧民在草地上搭了毡房，透出昏暗的灯火。她似故意走得很慢，睡袋拖在地上，一副心不在焉的样子。

毡房跟前停着一辆吉普车和几辆摩托。旁边插着一块简易的木牌，上面歪斜写着“饭店”二字。他说就在这儿吧！她不解，说干吗在这儿？他说还记得我遇到狼的故事吗？旁边有人，狼来了也不怕。

史谦选了一处离毡房三十米的平地搭帐篷。夜风很大，吹得帐篷呼啦响，两人费了一番功夫，才扎上地钉，固定好防风绳，最后铺上防潮垫和睡袋。一切安置妥当后，天彻底黑了下来。准备吃点干粮就睡了，突然闻到毡房飘过来的肉香。他说还早，要不去坐坐，刚才看到饭店二字，说不定还真有牦牛肉。她不饿，但看时间还早，也睡不着，说那就去看看吧。

毡房比想象的大，两间房，外间厨房，里间摆着一张长条桌，坐着五六个正在喝酒的男人。外形粗犷，脸色黝黑，一看就是藏族人。他双手合十，朝他们打了声招呼。扎西德勒。扎西德勒。藏族人好奇地打量他们。从厨房进来一个年轻藏族小伙，用生疏的普通话问他们要吃点什么。他说有牦牛肉吗，来一盘。那几个藏族人朝他招招手，说过来，一块儿吃好了。桌上摆着一大盆煮熟的牦牛肉，还冒着热气，想必刚端上来的。他们用小刀割成细条，蘸上盐巴，塞嘴里慢慢嚼着。顾烨想婉拒，低声说我们还是走吧。藏族朋友又朝他招了招手，说过来吧，一起喝酒！那声音带着股豪爽劲，间夹着一丝不容回绝的威慑。他牵着她的手，说不怕，坐一会儿就走。挨着几个藏族人坐了。

他们自称是来自拉萨的教师。在这边驻村，最长的已经两年了。听说是教师，他的警惕稍微松懈下来。在这儿没什么事，我们常聚在一块儿喝酒。他看到角落堆着小山似的空酒瓶。都是青稞酒和啤酒。说今天从上午喝到晚上，除了撒尿，一刻都没离开过毡房。他目测了下，墙角至少堆砌着两三百只空瓶。很少有游客来这边吧？他说。很少，再往前就是双湖了。藏族人对他们很好奇。我们本想明天去双湖的，但前方遇到塌方了，路堵住了。角落里一个眼角有道刀疤的汉子听到他们将去双湖时，目光徒然亮了一亮，用一种古怪的眼神投向他。他暗忖那人的眼神，瞳仁中散射一股难以容忍的傲慢与鄙夷。双湖还是别去的好，那地方太危险了。他们善意地劝说道。这时有人带头用藏语唱起歌来，将他的思路搅乱了。喝酒，喝酒！一个个轮番举起酒杯，唱起藏语歌，歌声苍凉悲壮。他虽然听不懂唱的是什么，也觉旋律动人，情绪不觉间便被感染，饮下一杯杯青稞酒。到后来，随着音律的加强，渴望在陌生的高原大醉一场的念头便变得愈加强烈。

这是旅行以来，最为尽兴的夜晚。酒喝到深夜十二点多，人群方散。他一路踉跄，在顾烨的搀扶下，走向他们宿营的帐篷。外边苍穹如弓，繁星密布，如无数摇摇晃晃的灯火。他躺在帐篷里，抚摸着顾烨的脸，胸中突然翻涌着柔情爱意。

“不要离开我。我什么都没了，只剩你了。”他捧着她的脸说。

“不会的。”她吻了吻他的额头。

她大概感受到了他的热情，也说了些发自肺腑的话，说生意上的事不要计较一时得失，人生没有永远的赢家，失败了大不了重新再来。说我不喜欢你这么消沉，你振作点啊，现在不也很好嘛。

他沉默着。黑暗中准确找到她的嘴唇。那是七年来两人最投入的一次长吻。想起七年前，她在盐井，阳光扑向她，照着她清纯的脸，怎么看都像朵花。那时他痴迷在这份感动中，发誓永远守护她。是什么褫夺了这份感动？是什么让她在他的世界里渐行渐远？在他进入的刹那，荒野突然传来一阵凄厉的狼嗥。那声音如此耳熟，让人毛骨悚然，仿佛从地底钻上来的。在狼群的嚎叫声中，他全身的血液都沸腾了。他幻想自己就是狼群的首领，是说一不二、富有绝对权威的狼王，谁敢贸然踏入他的领地，他会决不留情，将它撕成碎片。

夜里他做了一个奇怪的梦。梦见仍然还在毡房和藏族朋友喝酒。他们大概都喝得七八分醉了，非让他讲讲旅途的见闻。他推脱不了，便趁着酒兴，讲了有回在无人区遭遇藏野驴的故事。那是一头成年藏野驴，健壮，毛色光亮，四肢如飞，看见他的车，非要跟他的车跑一跑，并一定要跑在车的前头。车快，藏野驴也快，车慢，藏野驴也慢。一来一回，藏野驴的倔强个性激起了他的好奇心，他想试试它到底能坚持多久，于是开足马力，在旷野上狂奔了二十多公里，最后藏野驴口吐白沫，瘫倒在地，气喘吁吁地望着他。

故事讲完，他就后悔了。刚才还喧嚷的毡房霎时寂静无声，饱含敌意的目光将他团团围拢，你这蠢货，你把藏野驴活活跑死了。有人朝他咒骂。他刚想辩解，突然眼前寒光一闪，一把锋利的藏刀朝他扔了过来，晃了晃，深深插在胸前的木桌上。人群中他认出是刚才那个剽悍的汉子扔来的。欺负藏野驴算逑，有本事，我们去外边比比。汉子用不大流利的汉语朝他冷冷说道。那人始终逮着他的目光，咄咄逼人。他望着了眼身前的刀子，酒意从身体里一点点地退却。退却的还有他的勇气。他讪笑着，连忙道歉，意识到刚才那个故事给自己惹了大麻烦。那人还是不依不饶地站了起来，挑衅式地望了他一眼，示意外边解决。他讨饶地望着人群，希望有人站出来，打下抱不平，及时制止这场荒唐的对决。然而一个人也没有。一片静默，其他人纷纷翘首以待，鼓励式地望着他。在众人的注目下，他也觉得自己应该拿出男子汉的威严，与面前这位陌生的汉子来一场体面的决斗。于是他拔下桌上的藏刀，慷慨悲壮地走出门外，朝高原荒凉的深处走去。

他是被雨水惊醒的。清晨时分，下起了雨。绵延的雨水击打着帐篷，将他从梦中的决斗拉回寒冷的现实。打开帐篷，外面一片灰蒙，无边的雨水笼罩了整个荒原。他连打了几个冷战，彻底苏醒。四周空无一物，昨晚的吉普车不见了，摩托也走了，连毡房都消失得无影无踪，连只空酒瓶都没留下。

雨中僧侣

小耿的电话是清晨打来的。老板，准备得差不多了，可以动手了吗？他能感受到小耿那边的焦躁和不安。时间拖得越长，心理压力越大，失手的可能也就越大。他宽慰，说不急，沉住气，先替我盯着。

早上出发的时候，他发现后右轮胎在漏气。停车检查，发现扎了钉子。庆幸的是前方不远有个小镇，他开着车，无头苍蝇似的寻补胎。简朴的藏式小镇，没什么人影，隔着几丈远，几个手持转经轮、穿着赭色僧袍的藏人，裸露着胳膊，顶着疾风冷雨，往这边走来。他们好像一点不惧冷，神色安详，和路上的朝圣者一样。

他终于在街角找到了一家补胎店。师傅是个厚嘴唇的藏族男人，油迹斑斑的工作服和一头雄狮般的纵发似乎从来就没洗过。立好千斤顶，将轮胎卸下来，两人聊起双湖，师傅说昨天刚有人从那边出来，带的两条备用避震器，都给震坏了，差点冻死在里头。真搞不明白那些进双湖的人，吃饱了撑的，每年都有人进去就没出来的。

他蹲在一条废轮胎上，听师傅唠叨，心情一下变得莫名烦闷。小耿又发来微信，问他什么时候回，说随时可以动手了。他说知道了，等几天他就回来了。发完微信，他心里咯噔一下，下意识瞟了顾烨一眼，她正坐在修车铺里唯一的小板凳上，望着雨中的僧侣发呆。刚才那几个僧侣又回来了，这会儿朝他们走了过来，手中的转经轮飞舞着雨花。僧袍都被淋透了，冰冷的雨水反而使他们的目光看起来更为清澈、安详和笃定，全然看不出丝毫的痛苦。

"扎西德勒。"修车师傅将手往身上擦了擦，朝僧侣们打了声招呼。

"扎西德勒！"僧侣们纷纷回应。他以为他们过来避雨，僧侣们却继续朝雨幕走去，无一丝的犹豫。他诧异地望着逐渐远去的僧侣，想，为何不躲躲雨，非要遁入这冰冷的雨水，乃至全身湿透，莫非雨中的行走能让他们悟到什么？又想起青藏线上那些矢志不渝叩长头去拉萨朝拜的圣徒，终日顶着刺骨寒风，尘灰蒙面，上千公里的漫长孤独的天路，他们真听到了涅槃之音？

胡思乱想的时候，修车人已经把扎破轮胎的铁钉拔了出来，朝他扬了扬手，喏，就是这个东西，把你胎扎破了。一枚铁钉。他还没来得及细看，哐当一声，铁钉被师傅扔进了工具箱。他重又拾起来，是枚崭新的铁钉，有中指长，钉尖锃亮，异常锋利。他想不通这么长的钉子是怎么扎入轮胎的。那么多的车，偏就扎了他的轮胎？他将铁钉装进了兜里，紧紧捏着，寒冷的意志侵入他的肌肤，让他忍不住打了一个寒噤。他望了眼远去的僧侣，决定就此返程。

补好胎，加满油，继续上路，她似乎松了口气，情绪变得轻快起来，感叹这儿空气清新，人际关系淳朴，要不是糟糕的天气，她情愿在此多待些时间。又说这次双湖没去成，留个念想也好，下次再来嘛。

返程一路畅通，天气却不能再坏了。昨天晴空万里，他还庆幸好天气，没想大早起来，冷雨飕飕，气温突然骤降到了十度以下。他望着厚厚的铅云发了一会儿的呆，云层中漏下细密的雨丝，仿佛给大地投下了一张铺天盖地的网。

去洞庭，去洞庭！心中强烈的念头在催促着他。他一刻也不能耽搁了。他要去那片浩瀚的汪洋，去人生的绝境，了却最后的羁绊。他要亲自审问他，当着她的面。也许他会失控，冲上去痛殴他一顿，打得他像狗一样呜咽，求饶；也许连动他的念头都没有。像惺惺相惜的老朋友，喝点小酒，吹吹牛，聊聊人生，就此别过，从此相忘于江湖。

日夜兼程。除去路上食宿耽误的时间，都在赶路。起先她并不知道是回洞庭，以为他有急事赶回去处理。车到湖南境内，她才警觉，说为什么走这条路？他装作不经意的样子，说有个岳阳的朋友，住在洞庭边上，约我们去玩玩。她的脸色唰地一下就变了，漂亮的眼眸中仿佛隐含着深不可测的忧虑。你怎么不早告诉我？他感到她声带都在颤抖。他说现在也不晚，那朋友你也认识。她问是谁？他故意卖了个关子，说不急，见面就晓得了。他的神秘让她嗅到了前方的危险，说能不能不去？我想回家。她的口吻像带着一丝罕见的央求。他注视着她的眼眸，心里淌过一阵隐秘的难过和感伤。

大使，我想牛顿了，我受够了这种生活，我们回家吧。她的手臂轻轻搭着他的脖子，肌肤传来一阵暖意，她用无限温柔充满期待的眼神望着他，希望他能回心转意，在去往洞庭的途中及时刹车。

他也知道，洞庭，此刻不仅仅是长江边的一片汪洋，也是他们命中危险的归宿。有那么片刻，他就要动摇了，差点打电话制止小耿。然而当他再次凝视她的眼睛，透过她深邃的瞳仁，明白在他提供给她的归宿里，她从未像今天这么珍惜过。但也仅此而已。她不过是需要一个归宿而已，内心渴望的依旧是自由。那是两种背道而驰的选择，他们本就不是一条路上的人。他摆脱她的手臂，指头轻轻地敲打着方向盘，说你担心什么？不过是见个朋友而已。牛顿我已经交给我爸妈在照看，他在那边过得很好，你就放心吧。她显得很失落，眼里残余的温柔蓦然消失了，一片冰霜。冷冷地说，也没担心什么，如果你想去，我就陪你去吧。

几天前，她和岳廉还保持着联系。她问他小说进展得怎样，他说断断续续的，写了一半，有个地方卡壳了。说哑巴处死老婆的理由还是过于牵强了，毕竟她是他这世上唯一的依靠，弄死她，对他也没好处。她宽慰，说慢慢写，思路清晰了，写起来就快。她看过这篇小说，脑海一直浮想着女人垂死挣扎的情景。她也想知道哑巴为什么要递两次旱烟管给女人，为什么要吐痰，她不明白，也不想去问，心里却想着这个细节。

他说想她，想找机会看看她和牛顿。说到孩子的事，她心情复杂起来，犹豫要不要告诉他真相。他要是知道了孩子是他的，会怎么想？他会吓得转身而退吗？或者欣喜地接受这一事实？几天前一个夜里，她在路途上，他隐晦地表达了希望能和她在一起的愿望，问她能不能离婚，跟他走。去哪儿？她问。哪儿都行，有手有脚，饿不死。她说开什么玩笑。她心里清楚，不会跟他走的，她追求的，不是跟他过波西米亚式的生活。他说直到现在他才明白，世上最重要的人就是她。她说讲这些还有用吗，都晚了。后来联系突然就断了。给他发了几条微信，始终没回复。

她自然是不想去洞庭的，洞庭于她而言，是张巨大的网，是潮湿的沼泽，是危险的隐喻。一路上，她焦急地想和岳廉尽快取得联系，给他发的微信和短信，都泥牛入海，没任何回复。她拨他的手机，电话始终提示用户不在服务区。她心里隐隐开始不安。想，再这样下去，结果只会更糟，最后一发不可收拾。为了让史谦悬崖勒马，打消去洞庭的决定，她只好不断提起儿子。她也是真的想念儿子了，和史谦在一起的几年，最让她放心不下的就是儿子。他是她唯一的挂念。她说离家这么久，也不知道儿子在那边怎么样？他夜里总爱蹬被子，容易着凉。史谦一心开着车，嘴角浮着一丝若隐若现的笑。这个表情在她看来更像是嘲讽，她说你好像一点也不挂念儿子啊，出来这么长时间，也不见你给儿子打过电话，关心过他。史谦顺着她的话，说，是啊，我的确不是个称职的父亲，也没资格做他父亲。顾烨的脸色一下就沉了下来，说你什么意思？什么叫没资格做他父亲？难道你不是他父亲吗！她的话一下点燃了他胸中的怒火，他狠狠拍了一下方向盘，说这个问题你心里还不清楚吗？她说你这话什么意思？有你这样说话的吗？他说先不说了，到了那儿就一清二楚了。她说什么叫到了那儿就一清二楚了？我不会跟你去的，我要回家，我要把儿子接回来。他瞥了她一眼，冷冷地说，你接不回来了。她听了就急了，说你什么意思？你把我儿子怎么了？他说他已经不是你儿子了，你要不肯跟我去，今后你再也见不到他了。她狠狠瞪着眼，说你要挟我呢？你告诉我，你把儿子怎么了？！我要下车！你给我停车！她情绪一下失控了，怒火攻心，顾不得车还在高速行驶，劈手过来夺方向盘。他完全没有防备，两人拧做一团，车猛地一下撞在护栏上，巨大的碰撞下，他的头撞在方向盘上，差点晕厥过去。她伤得似乎更重些，撞在手套箱上。两人都在流血，鲜血沿着脸颊往下淌，车里弥散着一股浓稠的血腥味。有那么片刻，他们都觉得自己快要死了。两人相互幽怨地对视一眼，手机就在各自口袋里，但什么也不想做，就默默坐着，静候着死神的到来。

小说家

这个世界，才华和野心之间，存在着一层微妙的关系。随着他陆续获得了一些文学的名声和关注，出现在公开场合的机会也逐渐多了起来。“天才”“希望之星”等赞誉接踵而至，他始料未及，很是惊愕。他出身贫寒，在小地方长大，下岗工人的儿子，从小习惯了看别人眼色行事，因为文学，在京城一下子爆得名声，一时还适应不了。他努力调整自己，不断给自己鼓气，持续赢得的赞誉增加了他的信心。后来便心安理得，自命不凡起来，认为自己的确是天才，挟疾风而来，必定在文学史上留下属于自己的印记。起先还懂得矜持、谦虚，混的场子多了，自信心膨胀，不经意间暴露出来的野心，让很多人大吃一惊。有段时间，他频繁流连于各种酒局，俨然京城酒局上的新宠，在众人的夸赞中，浑然没察觉出周围的敌意。仿佛一夜之间，他就成了众人诋毁的焦点，从人品、作品到各种绯闻八卦，都给扒得体无完肤。傍富婆，靠女人，做事没底线。京城喧嚣浮躁，人心叵测，各种流言、蜚语、嫉妒、诽谤，让他心力交瘁，不堪其扰，严重侵害了他写作的心灵。他们预言他的天才不过昙花一现。他便急于拿出更有力的作品去回击质疑，越是焦虑，笔下的文字就越力不从心。形象片面、单调，都是一个套路。时间久了，他也厌恶自己写下的文字，简直垃圾，一篇不如一篇，外界的溢美之词，此刻纷纷倒戈。他成了京城笑柄似的人物。

自尊心受到了莫大的伤害，他开始怀念南方，怀念洞庭的冬日，怀念那段尚未出名时在民宿心无旁骛地码字的美好时光。也怀念顾烨。和她在一起，她曾给过自己的欢乐和宁静。他歉疚自己的绝情和给她造成的伤害。觉得晃荡不羁的生活该有个归宿了，没成家，内心总是空悬的，身不定，则心不宁，始终无法真正静心投入写作。这一年，他终于渴望有个家了。

七月份，他离开了北京。离开了他一直想离开的地方。他在之前那个民宿租了间房，准备写一部有分量的小说。故地重游，他比以往任何时候都想念她。“在民宿还能闻到你的气息。我想你。”他说。她否定，说你什么时候想过？除了那方面。不是你想的那样，我真的想你。为了证明，他在纸上给她写了很多情诗，字迹漂亮、飘逸，他拍下来，发给她。他说，你看，白纸黑字，每个字都跑不了，都投注了感情的。他知道史谦就在旁边，在开车，他们的微信在危险的氛围中隐秘进行，那些炽热的文字，不啻小鼠在老猫面前的游戏表演，危险，紧张，又透着一股莫名的刺激。

他给她看新写的小说的片段。

……哑巴载了女人，趁月色掩护，往湖中划去。小船动，月亮跟着动。小船穿过沙洲，月亮就透过云层。哑巴想，月亮看见了。芦苇荡中咕嘟着成片的蛙声，一浪高过一浪。哑巴想，青蛙也看见了。有扑棱的水鸟凌空而起，夜空传来凄厉的叫声。哑巴想，水鸟也都看见了。哑巴有些沮丧，划桨的手臂垂下来，任小船在水上漂着。他拔了女人嘴里塞的毛巾，女人一脸惊悚，跪地求饶，说再也不敢了，夫妻一场，饶了我吧！哑巴坐在船头，掏出老旱烟，用火柴点了，夜风拂过，将烟头吹得红亮，如野兽的眼。女人说，饶我一回吧，以后再不敢了！哑巴怜悯地望了女人一眼，走过去，将旱烟管递给她。女人不解。哑巴便往烟斗吐了口痰，将烟呛灭，重又给她。女人更不解。哑巴摇了摇头，将旱烟管往腰间一别，无限失望地望女人一眼，没等她反应，抓起她的双足，便往水中一坠。小船猛烈抖了抖，哑巴也跟着抖了抖。女人挣扎的力道越来越大。他闭上眼，手上的劲全使在女人身上。

他想起第一次沾女人身，也是如此。一会儿，女人安静下来，水面浮起她的长发。哑巴心中哀叹一声，将女人捞起，装入渔网，双脚和颈部各绑了石块，推入水中。黑暗的湖面砸出一个白得耀眼的漩涡。迅速涌来的水吞没了她。哑巴抬眼望了望夜空，月亮躲进乌云，蛙声停止聒噪，连水鸟也逃遁了，他擦了把脸，想，真是个风平浪静的夜晚啊。

她看了，有些不安，问怎么想写这些？看着惊悚。他说是朋友讲给他听的故事。他正尝试着将它写成一部小说。一部有关报复的小说。写作进展并不是很顺利，断断续续地，在此期间，他不断地想她，渴望她在身边的念头越来越强烈。在日记中他写道：

死亡之吻如斧头看见木柴，锤子靠近石头。当斧头在空中划出一道完美的抛物线，当锤子和石头碰撞出花火，死亡的意义在那一刻便奠定下来。我曾经想杀人，现在只想杀死自己。

假如真有神灵存在，我怎么可能忍受自己不是上帝的事实？眼下我只想成为尼采所言的空杯子。做一只空杯子，是这只空杯子最热切的希望。不久我就会昏昏入睡。在睡眠统治前，我写下这些孤独的呓语。我穷尽一生，追求黑暗之光，仍然被黑暗吞没。

有时，他也怀疑尼采说的“婚姻其实就是一种意志，一种把孤独的两个人聚集在一起的意志，相比创造者，被创造的生命应该更加丰富且绚烂”。他渴望有一个温暖的家，尽管他在日记中充满了担心和犹豫：“没有信心让两个孤独的人走在一起。我恐惧着，前面是深渊，是大海。”他幻想自己的婚姻生活，妻儿在侧，于深夜中熟睡，他在深夜的书桌前写完最后一稿，这种想象给了他莫大的安慰。他时常翻顾烨朋友圈晒的孩子的照片。以前他不喜欢孩子，觉得是个麻烦，讨厌他们哭闹、嬉戏，觉得没信心照顾好孩子。他改变了这个观点，他充满深情看着照片上的孩子，幻想有一天也能有自己的孩子。他教他跑步、踢球、钓鱼、放风筝、看球赛。他沉浸在充满阳光的幻想里，感到异常充实。他想，如果她肯离婚，他就娶她，永远和她在一起。

那段时间，思路活跃，他每天都写日记。某天他在日记中这么写道：

> 活着的每一天，我都在和死神拔河。这是一场早已断定的胜负。我筋疲力尽，挣扎于黎明前漫长的黑暗里。太阳升起前，我只想做个简简单单的人，就像新婚之夜，干干净净地进入女人的身体。

坏人

他所要惩罚的对象住在湖边的一处民宿里。每天都能看见他来露台上晾晒衣服，看样子打算长住。瘦长的个，身材单薄，偶尔去草地和人踢场野球。生活轨迹简单，白天很晚起床，晚上睡得很晚，两三点方睡。傍晚他会沿着湖边散会儿步。那儿偏僻，方圆数里没什么居民区，也无摄影头，再找不出比那儿更适合下手的地方了。他心里把所有的细节预演了一遍，将有可能出现的意外一一例举出来，然后想出应付的方法。观察了几天，他心里至少有了七成把握。

老板反复叮嘱，一定做到滴水不漏，不要惊扰任何人，千万不要搞砸。搞砸了，意味着他不仅拿不到钱，还会拖老板下水。他当然是不希望这种意外发生的。

小耿将车停在湖堤附近，那里是目标每晚散步的必经之地。他坐在车里守株待兔，等着目标的出现。最先的计划，他尾随其后，抄起铁锤，对准后脑勺就是一锤子。他相信这一击，黑旋风李逵三板斧程咬金也得倒。方案简单粗暴，但省事省力，万无一失。他担心的是这一锤子的力度，力度太大，夺了人命，便不好交差。老板没说要他的命。死了人，性质就不一样了，自己还得挨枪子。他又想到一个妥协的办法，装作借火点烟，趁那人疏于防备，再一把撂倒，击晕。他想象他反抗的样子，如上岸之鱼，弹来弹去，垂死挣扎，弄不好还会让鱼跑掉。这个计划太冒险，只好放弃了。

他做了几种方案，觉得都有破绽。任何一处细微的破绽都足以让他前功尽弃。一时心烦意乱，不知如何应付是好。老板吩咐动手的那个傍晚，他坐在车里，正犹豫间，远远看见那人穿了跑鞋，戴着耳机，正朝他跑来。目标清晰地映入眼帘，甚至能听清他喘息。他紧张得大气不敢出，额头手心全是汗，之前制订的计划，霎时忘个精光。眼看目标要跑出监控范围，他头一热，索性发动汽车，直愣愣地冲了上去。哐当一声，那人还没来得及喊叫，就被撞倒，骨碌碌地滚下堤坝。他停了车，抄起锤子，迅速奔过去。那人卧在坑里，捂着膝盖，大概受了伤，见肇事者下车，正想破口大骂，还没来得及张嘴，脸上就重重挨了一击。完全被打蒙。刚想站起来，马上又迎来一击，被打得眼冒金星，眉眼瞬时开了花。一而再，再而三，便开始求饶，说大哥，打错人了，打错人了！叫岳廉吗？他问。那人愣了下，捂着脸，哆嗦着没敢回应。他扬起手臂，佯装继续打，那人赶紧承认了，别打了，别打了，是我。他说没错，打的就是你。岳廉爬起来想跑，膝盖受了伤，一瘸一拐的，还没跑起来，又被他一脚踹翻在地。便呼救。他说你再不老实，信不信我弄死你？顿时沉默了，不再反抗，说兄弟我们素不相识，有什么得罪的地方，多多担待！他说，我也不认识你，识相点没苦头吃，不信就试试。岳廉显然被惊吓到了，瞳仁中流露出恐惧，身子轻轻颤抖，不知是受了伤还是害怕。开始哀求。说兄弟我们素无过节，请高抬贵手，放我一马，需要什么和我说就是。他说，有个朋友想见见你，你配合一下。问是谁？他装作不耐烦的样子，吼道，问这么多干什么，到时见了就晓得了！

岳廉一瘸一拐走前，他跟后，朝车走去。为断岳廉心中念想，他在身后警告，我这人脾气不好，不要耍花招，到时吃苦的是你。岳廉诺诺应着，说大哥我配合我配合就是。

小耿麻利地给岳廉封了嘴，将手脚用绳子绑了，将他塞进后备箱。这么熟悉的体验，一切像回到几个月前，那时他紧张得手心都是汗，现在驾轻就熟，斫轮老手，仿佛天生就是吃这碗饭的。

后备箱合上了。一片死寂。他想还是正常人容易对付，都怕死，对求生有着强烈的愿望，但凡有一线生机，都不愿放弃。只要抓着这一条，事情就好办。回想起之前在湛江遇到的那个女人，比他难对付多了。她什么都不怕，什么也不计较，看透了人间万物。要还遇到这样的人，他照样搞不懂她心里想什么。他原以为岳廉会剧烈挣扎、反抗，闹出很大的动静，结果他连像样的动作都没有，安静地躺了进去。他精心准备的那些方案都没有派上用场，他甚至为他的温顺感到一阵失落。

太阳即将落土，湖边厚云积岸，晚风吹得芦苇哗啦啦响，响声中，他启动了车，沿着护堤慢慢驶去。橘红的落日在芦苇上挣扎摇晃，突然一头栽倒，天就黑了。受惊的鸟群嗖嗖地从芦苇荡中跃起，朝暮色浓重的远方飞去。

活儿干得很漂亮。没有节外生枝，每个细节都无懈可击。他带着几分得意，打电话向老板汇报了。他以为老板会夸他几句，老板听完，只说了声知道了。老板的声音听起来疲累，厌倦。挂完电话，老板告诉了他地址，让他去一个叫徐家渡的地方碰面。那儿有座院子，院门前有棵古樟，几个人才能合抱得住，进门的钥匙放在车里的手套箱。他果然在手套箱里找到了一把钥匙。

导航显示，老板说的那个地方，也在湖区，离这儿还有百多公里的距离。为了避开摄像头，他特意选了条偏僻的乡村公路。天彻底黑了下来，一轮朗月穿过稀薄的云丛，将大地照得白昼似的。夜风中，他闻到了一股熟悉的气息。这气息是灌木丛中雨点似的蛙声，是团团簇簇的萤火虫，是散发着淡淡水腥味儿的湖水，是湖水中潜伏的鱼。他从小在这片水域长大，太熟悉这股味道了。

如果将地图放大，一定能从这片错综复杂的水域中找到一个叫雷击闵的村庄。这是个古老的地名，打从他祖父的祖父辈开始，他们就定居于此。世代渔民，民风淳朴，从没出过杀人越货的事。他做梦也没想到要以这种方式去面对故土，面对亲人。

三年前，他怀着悲壮的心情离开故土，以为凭借努力就能挣到钱，挣到钱就能救治父亲。看起来环环相扣，事实证明他每向前一步,都在暴露自己的无知、无能和幼稚。然而除了这条捷径，他还有别的选择吗？没有，他太需要这笔钱了，何况老板一点也没把他当外人看，老板目光伸向他的那刻，他心里早就动摇和妥协了。老板说，小耿，你能帮我个忙吗？老板的语气郑重，神秘，是他从未见过的。透过老板的瞳仁，他获得了被委以重任的信任和感动。看上去，这不是一桩交易，而是报恩。知遇之恩，涌泉相报。这个道理，早在那个除夕之夜，他就明白了。即使老板没求助于他，他也会毫不犹豫地答应的。况且老板说，只要事办妥了，你父亲的手术费他全包了。在他所遇到的有钱人里，他再找不出像老板这么善良的人了。他想等父亲病好了，一定带他去见见救命恩人，见见这个他生命中的贵人。

电话是九点多打过来的。他瞟了一眼，是家里的号码，便接了。还没来得及说话，就听见了母亲的哭声，他的心顿时提到嗓子眼。湖区信号弱，电话断断续续的，他听不清母亲在哭诉什么。旁边有个小山丘，他停了车，飞快爬上去，信号终于稳定下来。母亲的哭声止住了，声音听起来沙哑而疲惫。说大概一刻钟前，你父亲走了。走了？他的头嗡了一下，一道白光闪过。母亲抽了抽鼻子，说走了也好，活着挺遭罪的，瘦得只剩一把骨头了。走前他一直念叨你，问你什么时候回来。说起他的事，母亲又忍不住哭出声，说，崽，你在哪儿？快回来吧，你还年轻，去人民政府认个错，争取改过自新的机会。

挂完电话，他浑然不觉悲恸，只想坐下来，静一静。草尖起了露水，侵袭着肌肤，盛夏的夜，也能领略到一丝寒意。他眺望远处村庄幢幢的灯火，想父亲，想第一次上幼儿园的路上，父亲给他取名字，说做人一定要耿直，名字就叫耿直；想起九八年的夏天，洪水来的时候，父亲将他放进一只洗脚盆，他放声大哭，感觉世界末日来临，父亲从浑水中探出脑袋，死死抓着脚盆，说有爸爸在，不要怕。他生于斯，长于斯，却一直畏惧水，水里有他战栗的秘密。父亲一心想让他学会游泳，他执拗不前，光着身子站在岸边，无论父亲怎样威逼利诱，就是不肯下水。有回父亲忍不住了，一把将他扔进水里，天一下就黑了，他在水中胡乱挣扎，大口喝水，四周都是群魔的咆哮声……父亲慌了，赶紧把他捞上来，那一刻，因为过度的恐惧，他忘了哭，怔怔地望着水面，像刚死过了一回。他憎恨他。这笔仇，在他心里记了很长一段时间。他无法向他解释为何恐惧水，他是洞庭湖的儿子，天生就该携带水的基因。父亲无法理解他对水的恐惧。也不喜欢他在水面前表露出来的怯懦。温室开不出花朵。这是父亲的口头禅。父亲喜欢喝酒，喝到微醺，总是眉头一皱，他就知道他要说这句话了。他不敢与父亲对视，父亲眼神中流露出的失落，深深刺痛了他。他渴望变得强壮、果敢，成为一个像父亲那样的真正的男子汉。他幻想有天能和父亲平起平坐，黄昏中，端起酒杯，像兄弟一样饮下一腔属于男人的豪气。他还有好多的话、好多的心事、好多的迷惑，要等着和父亲说，想到再没机会说了，他便觉得委屈、遗憾、不舍。车灯刺破的夜空，无数细小的飞蛾在光柱里旋舞，他想父亲就是那道光，一直照耀着他，他就在光影中练习飞行，得到成长，现在光灭了，飞蛾便再次迷失。

在他们老家，人刚落气，是要往嘴里塞一个煮熟的鸡蛋的，黄泉路上就不至忍饥挨饿。趁四肢关节还未僵硬，赶紧给死人清净身子，换上寿衣，再抬入棺木，盖棺定论。想到父亲的亡魂正告别他四十多岁的躯壳，独自踏上黄泉路，从此与亲人阴阳两隔，他顿时泪如雨下。

他想马上回到洞庭湖边，回到那个叫雷击阋的村庄，回到熟悉的家，摸一摸父亲尚未冷却的手。据说人刚死，还会有意识。相信他的呼喊，父亲一定听得见。母亲说，父亲临去前不停念叨着他的名字，一直不肯合眼。父亲牵挂着他，放心不下，想他回来，看他最后一眼，才肯安心离去。想到父亲是带着牵挂走的，他就更为难过了。

岳廉开始撞击后备箱，发出闷响。他用力拍了拍，说给我老实点，想镇压下去，但没有效果，里面更加猛烈地回应。他来了怒气，捶了捶后备箱，大声警告说，想找死啊！岳廉呜呜咽咽地叫，像有急事。他打开后备箱，扯了封嘴的胶布，用手电筒照着他，说什么事？岳廉浑身都被汗浸湿，脸憋得通红，顾不得说话，先大口喘了一会儿气。说，兄弟，给口水喝，热得快中暑了。他拧开一瓶水，倒他嘴里。岳廉伸着脖子，一口气喝完。又说，兄弟，肚子痛，吃坏东西，憋不住了。小耿说，你他妈的事还真多，憋着吧，拉裤裆里。岳廉剧烈地摇头，说求你了，真的很急，我腿受了伤，又跑不了，真要拉裤裆了！

他感到一阵厌倦，指了指湖边的芦苇，说去那边解决吧。你要敢和我耍花招，没你好果子吃。岳廉点了点头，兄弟放心，我绝对不跑。

他果然褪下裤子，蹲在湖边的芦苇丛，没像撒谎。他隔着十来米，点了烟，不时朝他瞥一眼。手机响起，他才想起手机放在车上。看岳廉专注地蹲着，没有要逃跑的迹象，他便上车去拿手机。是老板的电话。老板说，你到了吗？他说快了，正在路上呢。老板说没问题吧？他说没问题，那人很老实，在后备箱躺着呢。老板说，那过会儿见，我也快到了。接完电话，他想起岳廉，瞟了一眼，发现原地没了人影。他顿时蒙了，赶紧奔过去，人已经没了踪影。× 你奶奶的，他扔掉香烟，爬上一个土坎子，看到一个黑影正扎进芦苇丛，一瘸一拐朝对岸的沙洲跑去。往哪儿跑！他大声喊。那人听到声音，慌张起来，一瘸一拐，加快了步伐。茂盛的芦苇密得连狗都钻不进去。他失败了几次，才发现旁边有条隐秘的小道，大概是附近渔民刚开辟出来的，仅容一人通过。岳廉就在前头。他沿着小道疯狂追。仿佛置身芦苇的海洋，芦苇在向他列队欢迎。挥舞着手臂，展开，收拢，收拢，展开，齐声鼓掌，哗啦啦，哗啦啦。他感到脸上火辣辣的，锋利的叶片，伸着火红的舌头，贪婪地舔舐着他的肌肤。越来越多的萤火虫从芦苇丛中受惊而起，在头顶翩跹。看上去，他更像是跟着一群萤火虫在跑。在密不透风的绝望中，要不是眼前始终有道模糊的黑影，他就放弃了。有那么一会儿，他甚至能听见岳廉急促的呼吸声。他相信再加把力，就追上了。他们终于穿过了芦苇丛，前方空阔，是片辽阔的水域。岳廉猛地收住脚步，回过头，大声哀求，别过来！声音发颤，求求你……我们又不认识，放过我吧……他看了眼，前面没路了，黑幽幽的水面，死一般沉寂着。

他弯下腰，双手扶膝，大口喘气。岳廉也累坏了，隔着十米远，都能听见他的心跳，像哮喘发作的病人。你跑不了的，乖乖跟我回吧。小耿说。岳廉猛地摇了摇头，说谁派你来的？小耿说你回去就知道了。岳廉说，我不会跟你回去的。他只好说，你干的事自己心里清楚。岳廉说，我干什么事了？我没干对不起人的事。我不是坏人。小耿说，这个世上谁是坏人呢？我也不是，跟我回去说清楚吧，说着往前疾走，他听见岳廉绝望的抗议声，别过来！他当没听见，径直冲过去，在即将抓住的瞬间，岳廉纵身一跃，咕咚一声投了水。三十米远处，是一片沙洲，他像是要往沙洲游。小耿懊丧动作慢了半拍，没抓住。岳廉在水中一阵乱捣，他从没见过如此笨拙的泳姿，更像是杂技表演，平静的水面被手臂劈开，溅起团团耀眼的浪花。还没游出十米，岳廉就向他呼救了。救救我！拉我上去，我不会换气，游不动了！他站在岸边，又气又急，妈的你游啊，继续游啊！有种游到对岸去！岳廉困在水中，手舞足蹈，看起来真不会游泳。

他不是没想过要下水救他。至少有那么一会儿，他差点就冲动了。他从小湖边长大，却从不敢碰水。他没有时间去做解释，只能眼睁睁看岳廉被水吞噬。一切发生得突然，他沮丧地望着平静的水面，连连后退，直到被荒草绊倒。这一跤摔得他四脚朝天，摔得他发了疯。他用力拍打着泥土，像醉酒的疯子，仰望璀璨的星空，心中一阵懊恼，想，这个世上，还有比自己更坏的人吗？

铁钉

约见面的地方，果然有棵古樟，树荫浓密，黑夜里看去像座小山，挡住路的去向。车便在树前停下。再往前，就是茫茫的水域了。旁边有座败落了的小院，似乎很久没人住了，院墙上长满蓬蒿、杂草，一只野猫在上头蹑足潜行，在幽静的夜里发出一声森然的叫唤。

老板依然没来。他想接下来该如何解释。这事不能怪他。这只是个意外。老板既然厌恶他，那么那人的死，想必也是老板盼望的。他盘算着，等拿到钱，他就回趟家。将这笔钱交给母亲，让她盖座房子。他还想去父亲灵位前坐会儿，陪他抽根烟，聊聊心里话。他想告诉他，他回来了，也长大了。他不再是那个内向胆怯的少年，而是真正的男人。又想父亲要是知晓这一切，会宽恕他吗？

凌晨四点多，万物安息，连蛙声也静止了，唯有萤火虫还在凌舞，黄绿的荧光，盘旋头顶，明灭之间，如一双双亡魂的眼。

他疲惫不堪，在车上睡着了。梦见正帮母亲宰鸡，母亲持刀，摆好碗，让他紧抓着鸡脚和翅膀。是一只雄壮的公鸡。发现不妙，咯咯地叫，猛烈地挣扎。他死死抓着，几次差点让它逃脱。母亲拧着鸡头，反扣了，利索地拔去颈部的毛，对着乌青的血管，划过一刀。他听见雄鸡哽咽的声音，殷红的血喷涌而出，滴进洁白的瓷碗。

老板叫醒他的时候，他还挣扎于梦中。为了不使血溅落身上，在梦中他不得不将鸡抬高点，再高一点，直到筋疲力尽。整个过程，他记得自己始终侧着脸，闭着眼睛，假装这场残忍的宰杀从没发生。老板拍了拍他的脸，他才惊醒，枕着方向盘的胳膊已经酥麻了。他下了车，猛地被老板的样子吓了一跳。老板头部右侧淌着血，半边脸浸泡在血里。老板，你怎么了？老板说，没大事，路上出了点事故，撞到方向盘了。他将信将疑，说不要紧吧？老板摇了摇头，神色有些疲惫，说，没必要，还死不了。老板的车就停在后面，没有熄火，前围和挡泥板全撞飞了，车大灯也瞎了一只，看起来这一下伤得不轻。怎么撞成这样？要不要去医院包扎下？老板望着后边的牧马人，摇了摇头，说没事。就你一个人吗？老板失神地望着越野车，说，来的路上，我们闹翻了，她夺我方向盘，车就撞护栏了。她人呢？小耿问。老板说，在里面呢。小耿便麻着胆子走了过去，见副驾上果然坐着一个女人，闭着眼睛，头发散乱，一脸血污。已经狼狈不堪，但仍然能感觉出是个美人。他轻轻叩了叩玻璃，想知道是否还活着。女人费力睁开眼，目光微微瞥向窗外，望着他，又似乎是望向他身后的虚无。小耿说，你没事吧？女人疲惫地眨了下眼皮，没有回答他，空洞的目光伸向远方。

老板靠着车抽烟。他回来时，老板像恢复了些精神，问他说人呢？怎么没看到人？小耿装作镇定的样子，将情况如实还原了一遍。他夸大了个别细节，尽量将当时的情形描述得严重些。老板冷着脸，一言不发，直勾勾地瞪着他，目光阴鸷，瞪得他脑袋嗡嗡作响。他从没见过老板这副样子。老板的目光让他不寒而栗。史老板，我不是故意的，我也不会游泳，这怪不得我。老板失望地望着他，像陷入了漫长的沉思。老板不说话，他便一动不敢动，更不敢提钱的事。这时身后传来车启动的声音，他回过头，看到牧马人正在掉头。他征求地望了老板一眼，想从老板的眼神中得到某种指示。老板无动于衷地坐在原地，挥了挥手，说随她走吧。越野车慢慢消失在晨雾中。他疑惑地望向老板，只见他脸上浮起一丝古怪的笑容。那表情似乎这一切跟他已经没了关系。老板用力地拍打着车身，沉闷的响声一下下地震荡着小耿的耳膜。小耿说老板你怎么啦？

老板说，没事，小耿，你是个实诚人，我看你第一眼就晓得。换别人，拿了那五千块，早跑没影了。但你不是那种人，我猜你不会跑。知道为什么吗？小耿用力摇摇头。因为你是乡下孩子。我信任和泥土庄稼打交道的人，庄稼和泥土不会撒谎。我信不过那些成天和人打交道的人，他们脑子里琢磨的都是骗人的套路。但我没钱给你了，本也没打算要给你钱，更没想他死……我身上还剩一样东西，留你做个纪念吧。老板指了指兜里，让他过来摸。小耿犹豫了下，抗拒不过老板的意思，在他兜里胡乱摸了一把，表情就僵住了。老板说摸到了什么。钉子。小耿手上多了一枚锋利的钉子。老板的神情一下松弛下来，说，对，就是这个钉子。老板窸窣掏出一根烟，费力点了，靠着车门坐下，说，要不是这枚蹊跷的铁钉扎穿了车胎，我也不准备回来了，死也要死在双湖。我相信这就是命。不然这么长的钉子怎么扎得进去。从西藏到这儿，我一路都带着这枚钉子。停顿了会儿，接着说，我喜欢车。一九九四年，买了第一辆车，是台二手神龙富康。虽然是二手车，但新鲜，很爱惜。每周末我都将它洗得干干净净的，开着车，载着妻子女儿兜风，去海边，妻子坐副驾，女儿坐后面，欢声笑语，仿佛世上最幸福的一家人。后来赚了钱，频繁换车，奔驰、宝马、奥迪，换了很多辆，却再也找不回开富康那种感觉。我脑子转得比别人快，凡事也比别人看得远，但不会转弯。人生的道路上，直路多，弯道也不少，过弯道，别人都减速，小心谨慎，唯恐出事，我偏不，反倒要加脚油门，恨不得将自己甩出去。小耿愣愣听着，老板疲惫地看他一眼，说你现在有两条路选择，要么马上开我这辆车走，改过自新，找份工作，踏踏实实过日子；要么你就把我弄死在这儿，我绝不反抗。

老板显得很累，说完靠着车门，微微闭上眼睛。晨光微曦，天色一点点地放亮，天空蔚蓝，上面浮着一层淡淡的鱼鳞云。晨风拂过，空气中有股清甜的露水味道。小耿抬眼望了望天空，天空全是这些幻灭般的碎片，仿佛正在重新编织他的人生，让人无法看穿，一时竟呆住了。

瓶中船

张舸一共躺了三百零五天。某天下午醒来，发现父亲戴着老花镜，正坐在靠窗的椅子上看报纸。阳光透过窗外，扑进来，半张报纸浸泡在阳光里，白得耀眼。母亲正低头织毛线衣，旁边摆着一台袖珍收音机，声音很细，放着邓丽君的《何日君再来》："好花不常开，好景不常在，愁堆解笑眉，泪洒相思带，今宵离别后，何日君再来……"小时候，她像根小尾巴，经常牵着母亲的衣角，母亲走到哪儿，她就跟到哪儿，那时母亲常哼着这首歌。如此熟悉的情景，一切就像小时候在家一样。只是父母两鬓斑白，脸上都有了老年斑，一下苍老了许多。她缓缓叫了声爸妈，鼻子一酸，眼泪便慢慢溢了出来。

她不知道自己躺了多久，就像做了一场漫长的梦，一觉醒来，换了人间。

她梦到图们，和他回了东北老家。她穿着艳红的婚纱，走在雪地上，咯噔咯噔的脆响不绝于耳，呼出的白气迅速消散。他带她去图们江上溜冰，砸鱼，教她做小鸡炖蘑菇。她快活极了。她终于和他在一起了，无论贫贱与否，发誓永不分离；她梦到了王竟先，他换了便装，带着玫瑰，满怀愧疚，前来请求她的宽恕。她还梦到其他许多的人。欢乐的，悲伤的，隐痛的，绝望的，那些模糊的黑影，他们是律师、IT 程序员、文学青年、公务员、教师、蜂鸟外卖……与她在梦中擦肩而过，消失于陌生的街道，各自踏上不同的归途。

父亲说，凶手已经抓到了，还是个孩子，刚满十八岁，就是本地人。她说我知道的。父亲说你知道？她点了点头，说我想看看他。父亲诧异地望着她，说还有什么好看的，他把你害得还不够惨吗？关看守所好几个月了，应该快判了。据说除了你的，身上还有别的案子，都是重罪。她沉默着。父亲叹了口气，说，这个社会到底怎么了，这么大的孩子，就敢做这些事。她不说话，望着厨房，母亲正在烧菜，空气中飘溢着一股菜香，母亲在做她最爱吃的粉蒸排骨，那是她再熟悉不过的味道。父亲说，你昏迷期间，收到一个包裹，写的你的名字，我替你打开了……她问是什么？父亲说，是个手工艺品。

一只瓶中船。用盐水瓶装着，里面卧着一艘精致的白色帆船。

她问父亲，还记得从哪儿寄来的吗？父亲说，东北寄来的，我跟你妈研究半天，也没搞明白这船是怎么塞进去的。你说瓶口这么小，哪儿装得下这么大的船？太不可思议了。她不说话，望着帆船发呆。她好奇的不是它们怎么进去的，而是怎样出来。对她来说，它被困在里面了。帆船栩栩如生，无可挑剔，仿佛正航行在浩瀚无边的大海，海风正将帆吹得呼啦作响。她豁然想到，只有把它放回水中，让它顺流而下，漂流到它该去的地方，那样的人生才有意义。恍惚中，听父亲又说，你昏迷期间，有个朋友来过，提了水果，说来南方出差，听说了你的情况，就顺路过来看看你。还有好几个你的大学同学，看了新闻，也打电话过来慰问。她摩挲着水瓶，眼泪一下就下来了。

天气晴朗的时候，她让父母推她去湖边走走。已是深秋，天空深邃、湛蓝。阳光透过树叶，温和地涂抹在脸上，皮肤像镀上一层金色的光晕。微风拂过，吹得树叶簌簌作响。响声中，她仿佛回到了十八岁那年，她骑着新买的凤凰牌自行车，飞快地穿过大院，一口气骑到洞庭的湿地。夕阳西下，漫天芦花如雪，湖面闪烁着点点金光，在货轮悠长的汽笛声中，落日缓缓坠入了地平线。天就黑了下来。

后记

“我听人讲过，这个世界有种鸟是没有脚的，它只能一直飞啊飞，飞到累的时候就在风中睡觉。这种鸟一生只能落地一次，那就是它死的时候。”多年前看的《阿飞正传》中的台词，现在依然具有击中心扉的穿透力。于我而言，写作和无脚鸟是一种无形的契合。写作停止之时，也是“生”之终结。过去已不堪回首，未来又不堪一击，郁躁不安中，唯有写作——且以写作作为逃避现实的借口吧——似乎能抵达内心某种澄澈之境。

太需要这种感觉了。尽管大多数时间，都在有意逃避。我视写作为一种缓慢的自杀。敏锐的文字和锋利的伤害，都弥漫着一股死亡气息。或者写作是饮鸩止渴，明知那是毒药，为了慰藉干渴的心灵，也要饮下这杯鸩酒。

有一天，校园散步，突然想起一句话，“感伤主义是作家的分泌物”。以为会很快淡忘，没想到牢记于心，成为潜意识里一道诡异的魅影。每当想起，心有戚戚然，像某种不祥之兆。后来写进日记，在后面又补充了一句：“穷尽一生，追求黑暗的光。它却只能击倒自己，并不能感动别人。”真是沮丧至极。很难相信，在人民大学的三年，大多数时间就是在这种情绪中度过的。

然而北京，对于我来说太喧哗，太热闹了。以我迟钝和孤僻的性格，更乐意享受这份“过于喧嚣的孤独”。有些困惑，以为过了而立之年便会豁然开朗，生活只需按部就班。然而事实是，我依然困在迷途。并渐渐意识到，一个真正的写作者，或许一生都将处在抵达彼岸的途中。我欣赏在生活中有条不紊的人，他们俨然将世间的条理规则了然于胸，然而我更情愿站在美好生活的对立面，继续耽于幻想，在虚无中寻找乐趣，在文字中释放颓然。

这三年，漫长得像场冬眠。身份的转换，情感的蜕变，外省青年与北京之间的微妙关联，充满了戏剧、幽默、荒唐，似乎都可以进入文章。当想写点东西时，时间又飞逝而去。对于一个小说家而言，生活在这样的时代，即是悲哀，又是庆幸。感伤的小说家在丰饶的素材面前，就像一对濒临分手的情侣，念及旧情，又彼此伤害。有天在日记里写道：“银灰色的暴雨毫无预兆地笼罩华北平原，整个下午，上帝都在撒泼。”“在北京，我身上长满各种触角，每天都在吸收不同的声音。”怀着这种生活理念，在与时间纠缠不清时的烦忧中，我意识到，该动笔写点什么了，写一部能容纳心中诸多困扰和感想的小说。

故而，写这个小说，是对这三年的一种回望和梳理。

我依然还记得动笔之初的冲动和急切，在静园的宿舍用白板笔在黑板上写上题目那一刹那的感受。“去洞庭沉尸的途中”，几个字映入眼帘，有些激动，有些亢奋。接下来，设置线索，建构逻辑，布置情节，填充人物。写完第一节的时候，我逐渐意识到，关闭已久的闸口开启了:叙述的洪流以失控的速度奔涌而出。我得承认，这种畅快的写作已经久违了。

写到中途,我带着尚未完成的稿件回到海南。生恐性情疏懒，半途而废，在黑板写上“如果你还在写作，这个世界没有人能击败你”，给自己打气。什么能击败我们呢？才华？激情？还是时间？我不知道。那一刻，唯有写作，在动态的沉思中与时间同步，心中的忧惧和疑惑方能消散。整个八月，我心无旁骛，家里断网，也无电视、汽车、朋友，在一种隔绝的氛围中写作。彻底沉浸在叙述的快感中。那段时间，脑海终日浮现出小说中各色人等。像耐心描绘一组人物工笔画，随着写作的深入，人物逐渐血肉丰满，面目清晰，神情各异，最后竟有了自己的声音和腔调。与其说是塑造了他们，不如说是在他们“胁迫”下完稿。

定稿的时候，已是冬天，我参加了海口马拉松，在极度的亢奋与疲惫中，我意识到作为一个小说职业者，我跑完了最后一步。无所谓欢欣或喜悦，也无所谓收获或成功，总之是完成了，作为小说写作者，我体验到了某种沉甸甸的踏实感。

这种踏实感，像某种负重持久的苦力，突然得以解脱。之后，便陷入茫然和虚空，如陷无物之阵。笔下的那些人物，却并未随着完稿而消失、远离我，反而更加频繁造访梦境。未曾有小说会如此纠缠我。仿佛看见小说中的史谦、张舸、小耿、顾烨、岳廉等人朝我鱼贯而来，在黑暗中呼喊彼此名字，诉说各自的命运遭际。他们模糊或清晰，麻木或鲜活，低沉或高昂。作为缔造者，我情愿相信他们真实存在于这个世界，此刻与我们同呼吸，共命运。

要感谢这片繁芜之地，涌现出来如此多精彩的素材。正是这些接连不断的素材不断充实和丰富着我们的写作。写作期间，某天夜里，我接到一个陌生女人的电话，自称某年某月某日来过我曾经供职过的单位。我在脑海中努力搜刮与她仅有的一面之缘的所有细节，记忆中，那是一个三十多岁的女人，保持着知识女性应有的体面和矜持。数年间我们虽同处一座城市，却无任何往来和联系，随着工作的变动，她的名字在通讯录里消失了。然而那个深夜，她突然辗转打听到我的联系方式，向我敞开心扉，述说着她难以启齿的遭遇和不幸。她为什么要和我说这些？她奇怪的语气和语焉不详的内容让我一头雾水。当我向共同认识的朋友打听起她时，朋友在电话里听到她名字的那刻，直截了当地打断我的话，以后不要接她电话了，她有严重的幻想症，那些故事都是她编的。问起原因，朋友解释说，她可能是感情上受过什么刺激。几乎可以肯定，她已经把这个世界上能联系上的人都骚扰了一遍。然而那一刻，我并没有生气，反而为她感到深深的悲哀。是多么无助无依，才使她走向这一步啊。当我联想笔下的张舸，她和这个朋友的遭遇及命运，又是何其吻合！她们都是被温情冷落的人，不被上天眷顾的人。我相信这个世上但凡有被生活侮辱和伤害的人，就一定有类似张舸这样的人存在。就像深秋，一个焦虑的大龄单身女性朋友和我诉说起她某次相亲失败后崩溃的瞬间，相亲的对象在寒风中把外套披在她身上时，她却突然蹲下来号啕大哭，这一幕让他局促不安，不知所措。他自然不能理解她那一刻的百感交集，就像小说中写的：“……她清楚，她不会爱上这个男人，一丝一毫都爱不上。这不是爱，这是怜悯，是施舍，是同情。她说服不了别人，也说服不了自己。她害怕这种感觉，像被一股无形的压力笼罩，屈服……”越是对现实生活增加一层包容和理解，我对小说中的人物便多了一层悲悯与同情。这份悲悯和同情，也同样作用于我自己。

我并没怀揣某种宿命论来书写他们。从北京到湛江、东莞、西藏、东北、洞庭湖、长沙、咸阳，这几个命运交织的故事，不过是这些年我对人生、爱情、未知命运、和解的艰难寻求和思考罢了。生活在这样复杂多变、暗流涌动的年代，我们比任何时候都渴望认清自己，看透世间本质，然而也避免不了被云雾遮眼，最终成为“制造云雾的人”。我相信笔下的这些故事和遭遇，正是我们日常生活中常见的旋涡，或被礁石拍碎的瞬间，它们与我们的现实处境血脉相连，心灵共鸣，从而具有普遍的意义。这些云雾制造者，在通往洞庭途中各自人生轨迹已悄然改变，此时的洞庭，已不仅是现实所指，也暗含了人生丰富的隐喻。

于我而言，眼前同样云雾缭绕，也处在“通往洞庭的途中”。

2018 年 8 月 21 日

图书在版编目（CIP）数据

去洞庭 / 郑小驴著 .-- 北京 : 北京十月文艺出版社，2019.4
ISBN 978-7-5302-1891-4

I. ①去… II. ①郑… III. ①长篇小说 - 中国 - 当代
IV. ① I247.5

中国版本图书馆 CIP 数据核字（2018）第 250332 号

去洞庭
QU DONGTING
郑小驴 著

出　　版　北京出版集团公司
　　　　　北京十月文艺出版社
地　　址　北京北三环中路 6 号
邮　　编　100120
网　　址　www.bph.com.cn
发　　行　新经典发行有限公司
　　　　　电话（010）68423599
经　　销　新华书店
印　　刷　河北鹏润印刷有限公司
版　　次　2019 年 4 月第 1 版
　　　　　2019 年 4 月第 1 次印刷
开　　本　880 毫米 ×1230 毫米　1/32
印　　张　7.5
字　　数　142 千字
书　　号　ISBN 978-7-5302-1891-4
定　　价　45.00 元
质量监督电话　010-58572393
如有印装质量问题，由本社负责调换